W0001676

Peggy Mädler

Wohin wir gehen

Peggy Mädler

Wohin wir gehen

Roman

Galiani Berlin

Für Julia

Man muß weggehen können
und doch sein wie ein Baum:
als bliebe die Wurzel im Boden,
als zöge die Landschaft und wir ständen fest.

Hilde Domin

I see friends shaking hands
saying how do you do
They're really saying I love you

Louis Armstrong

oder ein sich stetig verändernder Untergrund vermag im Gehirn unter Umständen eine Fehlermeldung auszulösen. Es reicht schon aus, dass ein anderer Sinn zeitgleich signalisiert, dass sich der Körper in Ruhe befindet, und schon krampft sich der Magen zusammen, wölbt sich nach innen, als hätte man ihm die Luft entzogen.

So muss es sich angefühlt haben, wenn sie als Kind mit angezogenen Beinen auf der Rückbank im Trabant der Eltern saß und gegen das Erbrechen kämpfte. Winterferien, Sommerferien, Herbstferien, die Wochenenden bei den Großeltern väterlicherseits. In der Erinnerung schließt sie die Augen vor der bewegten Landschaft, die ihr das Seitenfenster zeigt, hält sich ein Taschentuch gegen den Benzingeruch vor die Nase und versucht an etwas zu denken, das ihr Freude macht. An das Ankommen später, in einem Betriebsferienheim unweit einer Seepromenade oder in einem Bungalow mitten im Wald. An das Kofferauspacken danach, das ihr viel lieber als das Einpacken ist, an einen sandigen Strand am Meer, an einen schneebedeckten Rodelberg oder an einen Irrgarten aus dichten Himbeer- und Brombeersträuchern. Wenn du die Augen zumachst, wird es nur noch schlimmer, sagt der Vater nach einem kurzen Blick in den Rückspiegel, und fordert sie auf, an seinem Sitz vorbei durch die Frontscheibe zu schauen. Sie sieht den schwarz gelockten Hinterkopf ihres Vaters, die weißen Markierungen auf dem Asphalt der Straße, entgegenkommende Ortseingangs- und Ortsausgangsschilder, die Lichter der Autos vor ihnen. Manchmal war es auch zu spät, dann hielten sie am nächstgelegenen Parkplatz oder irgendwo direkt am Straßenrand, damit sich ihr Magen entleeren oder an der frischen Luft, mit festem Boden unter den Füßen, beruhigen konnte und wieder wusste, wo er war. Der Vater rauchte eine Zigarette und machte ein paar Kniebeugen, die Mutter verschwand im Gebüsch oder holte die Kühltasche mit den gekochten Eiern und den Würstchen aus dem Kofferraum. Anfang der Neunziger gab der Vater das Rauchen schließlich auf und sie fing gerade damit an. In dieser Zeit saß sie auch das erste Mal am Steuer eines Autos und jene Übelkeit, die in der Medizin als ein Symptom der Kinetose oder Reisekrankheit aufgeführt wird, schien überwunden. Sie kam auch nicht wieder, wenn sie als Beifahrerin Karten studierte oder Reiseführer las, wenn sie die Veränderung der Umgebung durch das Seitenfenster beobachtete oder den Kopf in den Nacken legte und die Augen schloss. Es war, als hätte sich ihr Körper an diese Art der Fortbewegung gewöhnt. Oder sie hatte sich daran gewöhnt, im rechten Moment wieder nach vorn zu schauen.

Und dann, mit Mitte dreißig, ist sie plötzlich wieder da. Das erste Mal im Bus beim abrupten Bremsen und Beschleunigen mitten im Feierabendverkehr, es kommt ihr wie ein Versehen vor, dicht gedrängt zwischen anderen schwankenden Fahrgästen, ein anderes Mal auf einer Autofahrt durch die italienischen Dolomiten. Seit der Geburt ihrer Tochter hockt die Übelkeit dazu verlässlich auf den Schaukeln, Wippen und Drehkreiseln der Spielplätze. Einmal passiert es sogar im Theater, bei der Inszenierung eines Shakespearestücks, zu deren Beginn sich die Schauspieler im flackernden Stroboskoplicht minutenlang von einer Bühnenseite auf die andere warfen. Auf diese Weise imaginierten sie die stark schlingernden Bewegungen eines Schiffes auf stürmischer See und ihr wurde sofort übel davon. Im ersten Moment dachte sie daran, den Zuschauerraum zu verlassen. Doch dann bemerkte sie, wie das Publikum um sie herum anfing, die Bewegungen, die es auf der Bühne sah, mit den eigenen Körpern nachzuahmen. Und sie, Kristine, begann ebenfalls vorsichtig mitzuschwingen, zunächst kaum merklich mit dem Kopf, dann zunehmend auch mit dem Oberkörper. Einige Leute lachten laut auf und verhakten ihre Arme ineinander; sie fanden Gefallen an dem imaginären Sturm, der den Figuren auf der Bühne Angst und Schrecken einflößte. Schließlich wurde aus dem schwankenden Schiff ein gestrandetes Schiff, und während die Schauspieler auf dem Eiland der Bühne einen neuerlichen Sturm der Gefühle und wechselnden Identitäten heraufbeschworen, fanden die Zuschauer langsam in die Rolle des Publikums zurück.

1 BERLIN (I)

Restaurierte Backsteinbauten und moderne Fassaden, Stadthäuser und Grünanlagen prägen die Umgebung der Wohnanlage. Die nächste katholische Kirche ist in 15 Minuten, die evangelische Kirche in 5 Minuten, die S-Bahn in circa 10 Minuten Fußweg zu erreichen. Die Wohnanlage selbst besteht aus vier nach außen hin verglasten Etagen mit insgesamt siebenundzwanzig Ein-Personen-Wohnungen ab 28 bis maximal 45 Quadratmetern und achtzehn Zwei-Personen-Wohnungen ab 54 bis 71 Quadratmetern Grundfläche. Alle Wohnungen verfügen über Laminatboden, Einbauküche, Bad mit WC, Zentralheizung, Kabelfernsehen und einen internetfähigen Telefonanschluss. Das Gebäude ist mit einem Fahrstuhl ausgestattet, mit Gemeinschafts- und Veranstaltungsräumen, einer Teeküche, einer Gartenterrasse und einer Waschküche. Es stehen gegen Aufpreis Kellerräume und auf Wunsch auch Tiefgaragenstellplätze zur Verfügung. Regelmäßig finden Veranstaltungen und Etagentreffen mit den Nachbarn statt. Ein Hauswart und eine Hauswirtschafterin sind rund um die Uhr vor Ort, ein Hausnotruf kann darüber hinaus jederzeit installiert werden. Für jene Bewohner und Bewohnerinnen, die regelmäßig medizinisch versorgt werden müssen, jetzt oder später, beherbergt das Haus weitere praktische Einrichtungen, die bei Bedarf ergänzend dazugebucht werden können.

Ein langsames Auftauchen, wie vom Grunde eines Sees hinauf. Sie spürt ein leichtes Frösteln auf der Haut. Wie lange hat sie geschlafen? Eine Stunde oder wenige Minuten? Vorsichtig dreht Almut den schmerzenden Kopf zur Seite, nur ein bisschen zur linken Seite, wo auf dem Nachtisch neben dem Bett der Wecker steht. 14:52 Uhr. Es braucht eine Weile, bis die Zahlen den Weg in ihren Kopf finden. Dann hat sie doch beinahe eine Stunde geschlafen. Ein leichter, fast traumloser Schlaf, bis auf das Gesicht von Hans, das sie in sich trägt. In den Nächten wie am Tag. Das dumpfe Pochen hinter den Schläfen ist noch da, der Schnee vor dem Fenster ist noch da. Weiße Schneeflocken wie dicke, taumelnde Hummeln. *White bumblebees*. Auf seine alten Tage wollte Hans unbedingt noch Englisch lernen (oder vielmehr: endlich Englisch lernen), ein grauhaariger Siebzigjähriger, der mit einer vergilbten DDR-Ausgabe eines englisch-deutschen Wörterbuchs neben ihr im Bett liegt und Vokabeln wie Gedichte rezitiert. Es gibt Tage, da scheinen ihr die drei Jahre seit seinem Tod eine halbe Ewigkeit, an anderen Tagen muss sie sich nach dem Aufwachen erst orientieren, wie in den ersten Tagen und Wochen. Almut blinzelt abermals in Richtung der rot leuchtenden Anzeige ihres Weckers. Noch eine Stunde, bis Kristine kommt, sicher wieder mit dem Fahrrad, trotz des Schneetreibens draußen. Es wird besser sein, heute drinnen zu bleiben, aber kräftig durchlüften muss sie vorher noch mal. Almut weiß, dass es im Zimmer nach Alter und Tabletten riecht, sie riecht es ja selbst jedes Mal, wenn sie nach einem Spaziergang an der frischen Luft in die

Wohnung zurückkehrt. In ein, zwei Monaten wird sie die Fenster wieder Tag und Nacht offen lassen können, tagsüber weit offen und nachts zumindest angekippt, dann wird sie auch wieder auf einer der Bänke unten im Park sitzen können, erst auf der Sonnenseite mit Blick auf die große Wiese, wo sich die Jongleure und Hundebesitzer treffen, und später, wenn die Sonne schon morgens heiß im Nacken und auf den Schultern brennt, wird sie in den Schatten unter die Bäume am Spielplatz wechseln. Gleichmäßig atmet sie gegen das Pochen in ihren Schläfen an. Vier Zählzeiten ein, vier halten, vier Zählzeiten aus, wie sie es bei einer Kur im Harz vor einigen Jahren gelernt hat. Und vor dem Fenster taumeln die weißen Flocken dazu.

Nun muss sie aber langsam aufstehen, die Dinge brauchen ihre Zeit. Sich mit leichtem Schwung über die Seite aufrichten, die bestrumpften Füße ertasten das glatte Laminat, einen Punkt an der Wand gegenüber fokussieren. Sich auf die nächste Bewegung konzentrieren, damit das Gleichgewicht (der untreue Gefährte) sie nicht verlässt. Es gibt die guten und die schlechten Tage. An guten Tagen beschränkt sich die Krankheit auf den Tremor in den Händen und das Gesicht im Spiegel wirkt einigermaßen vertraut. An schlechten Tagen scheint der gesamte Körper wie eingefroren. Wenn sie an schlechten Tagen zu schnell aufsteht, kann es passieren, dass sie das Gleichgewicht verliert.

Dabei ist es ihr Kopf, der die Kontrolle verliert. In den Patientenbroschüren und Fachbüchern steht geschrieben: Im Gehirn eines Parkinson-Patienten können Bewegungsimpulse nur noch ungenügend weitergeleitet werden. Die Broschüren und Bücher sagen aber auch: Betroffene mit einem Tremor können auf einen günstigeren Verlauf der Krankheit hoffen. Es ist möglich, dass der Tremor hier über Jahre das hauptsächliche Symptom bleibt. Doch auch bei diesen Patienten werden die Phasen guter Beweglichkeit mit der Zeit immer kürzer. Im Spätstadium wird ein Hilfsbedarf bei der Ernährung, der Körperpflege und anderen Verrichtungen des Alltags anfallen. In vielen Fällen kommt es zur Bettlägerigkeit, dann muss gegen Lungenentzündung und Thrombose vorgebeugt werden.

Über all das weiß Almut Bescheid. Sie hat sich frühzeitig informiert, was auf sie zukommen wird. Sie hat in den Wochen nach der Diagnose, zusammen mit Hans, all die Broschüren und Bücher gelesen. Das war 1994. Und ihre Tochter Elli, damals erst zwanzig und gerade zurück aus New York, hat sich ebenfalls informiert. Die Tochter im Arm halten und ihre Angst und Sorge aushalten. Die eigene Angst für sie zurückhalten. Zuversichtlich sein. Mit der Zeit haben sie sich an die Krankheit wie auch an die Zuversicht gewöhnt.

Mit flatternden Händen drückt sich Almut von der Bettkante hinauf in den Stand. Das Bett hat genau die richtige Höhe für ihren Körper. Eine Maßanfertigung aus dem Holz ihres alten Ehebetts, sie habe da eine Idee, hatte Elli nach Hans' Tod gesagt, und ihren Entwurf in der Werkstatt eines befreundeten Bildhauers eigenhändig in die Tat umgesetzt. Mit dem Tod des Vaters kehrte die Sorge zurück, und ist seitdem ein Dauergast in Ellis Kopf, egal was Almut dagegen vorzubringen weiß. Am Telefon, und neuerdings auch per Skype. Almut will keine Last sein. Das wollte sie nie. Wozu sollen die Erfahrungen, das Lernen aus dem eigenen Tochtersein sonst gut sein, wenn nicht dafür, die Abzweigungen in der Wiederholung zu finden, diese kleinen, selbst geschaffenen Pfade, die mit ein bisschen Glück auf neue, unbekannte Wege führen. Es ist nicht Aufgabe der Kinder, sich um die Eltern zu sorgen. (Eine im Laufe vieler Jahre hart erarbeitete und inzwischen tief sitzende Überzeugung.) Es ist Aufgabe der Kinder, für sich selbst und irgendwann auch für die eigenen Kinder Sorge zu tragen. Letzteres: Ein wunder Punkt ihrer Tochter. Almut umrundet das Bett, das ihre sichere Insel ist, berührt das abgeschliffene, hell geölte Holz. Wie begabt und geschickt die rauen Hände ihrer Tochter Elli sind, das konnte man bereits an den ersten Basteleien im Kindergarten sehen und später an den Schnitzereien mit Hans' Taschenmesser und noch später an den Arbeiten mit Feile, Säge und Lötkolben im Werkunterricht. In der Kindergartenzeit hat sie ihr Mädchen noch Eliška genannt, die tschechische Koseform von Elisabeth, doch in der Schule hat sich schnell die Kurzform Elli durchgesetzt. Der alte Kosename überdauert als Anrede in

Briefen, auch kommt er Almut in den Sinn, wenn sie sich verabschiedet oder die Tochter Kummer hat.

Vom Bett geht es über die Schwelle zum Flur, im Flur an den Jacken, dem Wintermantel und dem Schuhregal vorbei, am Staubsauger vorbei, bis zur Tür des kleinen, fensterlosen Badezimmers. Lichtschalter an, Lüftung an. Vor allem der Toilettengang braucht seine Zeit, das umständliche Nesteln an den Sachen, heute stürmt es wieder mächtig, hat sie zu Hans gesagt, wie beiläufig und etwas spöttisch zugleich, wenn er wieder einmal vor ihr in die Knie ging, um ihr mit den Knöpfen oder Reißverschlüssen zu helfen, und sie die Gelegenheit nutzte, sein weiches, immer dünner werdendes Haar zu zerzausen. Hans war es auch, der Elli nach ihrem Jahr in den USA von einem Medizinstudium ab und zum Theater hingeraten hatte: Du brauchst eine Bühne für deine Hände und keinen OP-Saal! Am Theater sind sie sich dann über den Weg gelaufen, Elli und Kristine, bei einem dieser Praktika während des Studiums, die Bedeutung des Wortes musste sich Almut erst erfragen. Ich habe jemanden kennengelernt, hatte Elli damals erzählt, und Almut dachte im ersten Moment an einen Mann. Doch die Männer kamen und gingen in dieser Zeit noch unerzählt und wurden ihr erst Jahre später vorgestellt. Almut lächelt zufrieden, als sich der Reißverschluss endlich schließt.

Auf dem Weg zur Küche fällt ihr Blick wieder auf den Wecker neben dem Bett, jetzt ist es schon kurz vor vier.

Wasser aufsetzen für den Tee, Teller raussuchen, das Klirren der Hände im Besteckkasten. Elli wird nun schon vierzig dieses Jahr, und wenn Almut genau hinschaut, sieht sie die kleinen Fältchen unter den Augen, da wo die Haut am sichtbarsten müde wird, aber sonst? Seit Jahr und Tag trägt Elli ihre grauen oder schwarzen Jeans und einfarbige T-Shirts dazu, das dicke, gewellte und orangerot gefärbte Haar am Hinterkopf mit einem Gummi verknotet, und ab Herbst holt sie den obligatorischen Parka aus dem Schrank, mal grün, mal braun, mal dunkelblau mit Fellkragen. Wie Almut dagegen als junge Frau aussah, mit Mitte zwanzig im Grunde schon wie Mitte vierzig, sie erinnert sich noch gut an die schlecht sitzenden, dunklen Kostüme und den unvorteilhaften Pagenschnitt. Inzwischen sind die Haare kurz und pflegeleicht wie nie und die Falten trotz jahrelanger Cremerei wie feine Schnitte auf einem alten Küchenbrett verteilt, einundachtzig Lenze in den Knochen und im Fleisch, und im September wird wieder ein Jahr draufgerechnet. Im Wasserkocher brodelt es, Almut legt ein gefaltetes Geschirrtuch um die Kanne und gießt mit beiden Händen vorsichtig das heiße Wasser auf. Was dabei danebengeht, saugt das Geschirrtuch sofort auf. Dann greift sie nach den Aluminiumstreifen neben dem Brotkorb und drückt sich drei Tabletten in die Hand. Die große weiße geht am schwersten, die ovalen, farbigen sind mit einer Art Plastikfilm überzogen, das hilft beim Schlucken. Das Schwerste immer zuerst, dann hat man es hinter sich. Almut gießt sich ein Glas Leitungswasser ein, schiebt sich die weiße Tablette in den Mund und verspürt einen leichten Würgereflex. Sie schließt die Augen und trinkt das lauwarme Wasser hinterher. Langsam schiebt sich das gepresste, bittere Pulver durch die enge Speiseröhre, eine halbe Ewigkeit, so kommt es ihr vor, dann schickt Almut die beiden anderen Tabletten hinterher.

Nun deckt sie den ovalen Tisch im Wohnzimmer ein, der wie das Bett noch aus ihrer alten Wohnung stammt, die Küche ist zu klein zum Essen, ein Kabuff in Form einer sechs Quadratmeter großen Ausbuchtung, die vom Wohnzimmer, das zugleich Schlafzimmer ist, abgeht, mit Flur und Bad sind es knapp dreiunddreißig Quadratmeter. Es gibt auch Zwei-Zimmer-Wohnungen hier im Haus, die sind mehr als 50 Quadratmeter groß, aber das macht gleich einen großen Unterschied im Preis und sie braucht es auch nicht. Der Umzug hat ihr geholfen, mit der neuen Situation zurechtzukommen. Die Verkleinerung hat ihr geholfen. Wie groß und leer ihr die alte Wohnung plötzlich vorkam, als es sich noch an den Gedanken zu gewöhnen galt, dass Hans nicht mehr neben ihr schlafen, essen oder lesen würde, als sie entscheiden musste, wie es weitergehen würde. Die Einsamkeit nicht zu groß werden lassen, sonst verschwindest du darin. Das Verstehen ging einher mit einer Erinnerung. Und so fing sie mit dem Packen an und dem Packen ging ein Aussortieren voran. Dabei musste sie überhaupt nicht entscheiden, was alles weg sollte. Im Gegenteil. Es ging ausschließlich darum, zu entscheiden, was sie mitnehmen würde. In ihr neues und zugleich letztes Heim. Alles andere weg: auf den Sperrmüll, in den Trödel – eine Haushaltsauflösung schon zu Lebzeiten. Diese Erleichterung plötzlich. Nur um das geliebte, aber viel zu große Ehebett tat es ihr leid. Die Auflösung eines ganzen Lebens, so hatte es Elli empfunden, und sich sogleich über die Kartons mit den aussortierten Sachen hergemacht, die allesamt schon gestapelt im Schlafzimmer zur Abholung bereitstanden. Dabei hatte Almut ihr doch bereits einen Karton im Flur beiseitegestellt, einen Karton extra für sie, für die Erinnerung und für das Abschiednehmen. (Einen zweiten, kleineren Karton hat sie noch hier, auf dem Zwischenboden im Flur, darin aufgehobene Kindersachen von Elli, überwiegend selbst genäht, aus fast jedem Jahr ein Lieblingsstück, der erste winzige Strampler mit den blassgelben Milchflecken, ein rot-weiß gestreifter Kinderschlafanzug, eine Latzhose aus blauem Cord und vieles mehr – denn auch sie hat sich jahrelang kaum von etwas trennen können und wider besseres Wissen zu vielen Dingen eine Bedeutung gegeben.) Am Ende standen vier weitere Kartons im Flur, dazu noch das riesige Bett, in seine Einzelteile zerlegt, die Elli nacheinander zum Auto trug, nicht allein, denn ja, auch Kristine war damals dabei, um Elli zu helfen.

Die Wohnung schließlich leer geräumt und besenrein. Ein letzter Blick aus dem Fenster, der Bund mit den Wohnungs-, Haustür-, Briefkasten- und Kellerschlüsseln auf der Fensterbank. Ellis Hand in ihrer verschränkt. Jetzt hätte sie doch beinahe das Lüften vergessen. Almut reißt eines der beiden Fenster im Wohnzimmer auf und riecht die kalte, frische Luft. Vergesslich und müde, kein guter Tag heute. Sich nicht wieder hinlegen, die Stunden nicht einfach vorbeiziehen lassen. Im Takt von vier Zählzeiten atmen. Almut platziert sich im Sessel und streckt gerade die Beine aus, als es laut klingelt. Eine lang gezogene, scheppernde Melodie, die sich nach Aussage der Hauswirtschafterin, die hier jeden Morgen nach dem Rechten sieht, beschwingt anhören soll, also doch gleich wieder aus dem Sessel hoch, aber nicht zu schnell, die Stille nach dem Läuten begleitet Almut zur Tür.

Entschuldige die Verspätung, sagt Kristine, und wirkt noch ganz atemlos vom Fahrradfahren oder von der Kälte, dazu von oben bis unten zugleich nass und eingeschneit. Sie schiebt die Kapuze in den Nacken und die beschlagene Brille hoch auf den feuchten Haaransatz und reicht Almut die Plastiktüte mit dem Kuchen entgegen.

2 BRNO / BRÜNN

Ende März treiben bereits die ersten Blätter aus, und nur wenige Wochen später blüht und duftet der Flieder in der ganzen Stadt. Weiß, lila und violett umrandet er Bänke, Springbrunnen und poröses Mauerwerk, und schlängelt sich den Park am Špilberk bis zur weißen Festungsanlage hinauf. In ihrem Inneren verbirgt die Festung lichtlose, kalte Kasematten, eine düstere Kerkeranlage, die jeden Häftling blind und mutlos machen muss, aber oberhalb ihrer Gräben und Wehranlagen umarmen sich Wind und Sonne sorglos in einem weiß betupften Königsblau. Hier ist der Himmel herrlich weit, hier fängt der Süden an, hier reicht der Blick über die mährische Stadt, die verwunschene Märchenstadt, über die spitzen Türme der Kirchen und die roten Dächer der Häuser, über das Grün in ihren Hinterhöfen und den zahlreichen Parkanlagen. Sandige und gepflasterte Wege führen durch das Bild, an prächtigen Villen vorbei, mit ihren wechselnden Bewohnern. Eine Stadt wie gemacht für alte Lieder und Geschichten, für die schönen wie die grausamen, eine Stadt wie gemacht dafür, fern von ihr Sehnsucht zu empfinden, an ihr zu hän-

gen wie an einer Geliebten, der man sich einst versprochen hat.

– 1 –

Der Tisch ist gedeckt, zwei Teller, zwei Gabeln, zwei Tassen, darüber hängt das Mobile aus hellblauen und lachsfarbenen Glasballons, das, wie Kristine weiß, ein Mitbringsel aus Brno ist. Sie selbst hatte die luftigen Gebilde im Schaufenster eines tschechischen Blumengeschäftes entdeckt, aber Elli wusste sie der Ladenbesitzerin in einem fröhlichen Gemisch aus englischen und deutschen Halbsätzen kurzerhand abzuschwatzen. Das farbige Glas schimmert leicht im Sonnenlicht. Dahinter an der Wand hängt ein gerahmtes Kinderfoto von Elli, es rührt Kristine jedes Mal. Kräftige 80er-Jahre-Farben, Elli als Zehn- oder Elfjährige im dunkelblauen Gymnastikkleid, Oberkörper und rechtes Bein in die Standwaage gestreckt, die Arme wie Propeller seitlich ausgebreitet. Ein akkurat geschnittener Pony umrahmt das konzentrierte Gesicht. Es könnte die Pose einer Eistänzerin oder Turnerin sein, aber nein, es ist das inszenierte Standbild von einem Faschingsfest.

Weitere Familienbilder hängen an dem Streifen Wand zwischen den beiden Fenstern, deren Flügel weit offen stehen, wie sonnig es heute ist, freut sich Almut, als sie aus dem Bad zurückkommt. Kristine nickt, ihr Blick schweift kurz über den gegenüberliegenden Park mit der Town-House-Siedlung darin. Dann folgt sie Almut in die Küche, auf der Küchenzeile steht die bauchige Teekanne schon bereit. Kristine fischt mit spitzen Fingern die Teebeutel heraus und wirft sie in den weißen Mülleimer unter der Spüle. Almut drapiert derweil den Kuchen auf einem Teller mit Blütenrand. Das laute Knistern der Zellophantüte, als Almut sie in eine Schublade zu vielen anderen Tüten schiebt.

Nach dem Essen spült Almut das Geschirr, und Kristine neben ihr trocknet ab. Das seifige Spülwasser verschwindet gurgelnd im Abfluss. Im Flur greift Almut nach ihren hellen Turnschuhen mit dem Klettverschluss und einer leichten Daunenjacke. Kristine streift sich ihren dicken Pullover über und bindet die langen blonden Haare hoch zum Zopf. Dann nimmt sie die bereitliegende Decke unter den Arm. Als sie im Foyer der Wohnanlage aus dem Fahrstuhl treten, hakt sich Almut bei Kristine ein. Sie überqueren eine schlecht asphaltierte Straße, begrenzt von hohen Bordsteinen auf beiden Seiten, sie weichen Hundekot und einem entgegenkommenden Fahrradfahrer aus. Dann öffnet Kristine das hüfthohe schmiedeeiserne Tor der Parkanlage. Sie spazieren einen sandigen Weg entlang, an den vom Winter und von Winterschuhen geplagten, ausgedünnten Wiesen vorbei. Kristine kann die Konzentration spüren, mit der Almut auf ihre Schritte achtet. Sonne im Gesicht, ein leichter Wind im Haar, Sätze über dies und das. Über eine Postkarte von Elli aus Basel, wo diese seit einigen Monaten lebt. Über Kristines Pläne für Ostern (sie wird zu ihren Eltern nach Pirna fahren), über einen Nachbarn von Almut, der mit seinem Rollator ebenfalls im Park unterwegs ist und grüßend zu ihnen herüberwinkt. Fragen auch nach Kristines Arbeit und ihrer fünfjährigen Tochter Ada (gut geht's, soweit). Die Langsamkeit der Bewegung ist angenehm, sie schlägt eine Schneise durch den Feierabendtrubel mit Einkaufstüten und Kinderwagen. Nach einer Weile entscheiden sie sich für eine Bank in der Sonne und Kristine breitet die Wolldecke aus. Almut verschränkt ihre flatternden Hände im Schoß und schließt für einen Moment die Augen. Sie spürt den Widerstand der Banklehne in ihrem Rücken. Den Druck noch ein wenig verstärken, weil die Begrenzung gegen die Entgrenzung des Körpers hilft. Ihre Wimpern wirken beinahe transparent, wie vom Alter ausgebleicht, sie sind kurz und kaum gebogen – ein gerader, dichter Fächer wie bei Elli. Auch am Mund sieht Kristine die Ähnlichkeit zwischen Mutter und Tochter, der schöne, fast symmetrische Bogen von Ober- und Unterlippe, als würden sie einander spiegeln.

Auf einer frühen Aufnahme, die inmitten zahlreicher Fotos in Kristines Küche hängt, trägt Elli die damals schon orangerot gefärbten Haare offen, ihr braun gebranntes Gesicht schaut sich nach der Kamera um, während die Beine kräftig weiter voranschreiten. Sonne im Auge, ein Blinzeln im Auge. Vor ihr ein blauer Streifen Meer, der mit dem Horizont verschmilzt. Jetzt bleib doch mal stehen!, hatte Kristine ihr lachend hinterhergerufen und dabei das Foto gemacht.

Soll's weit fortgehen?/Zum Meere./So weit fort!/Und weiter noch.

Ibsen, *Peer Gynt*. Das ist die erste gemeinsame Arbeit, bei der sie und Elli sich mit Anfang zwanzig kennenlernen. 1997 war das, da sind sie beide noch mitten im Studium. Die vielen anderen Produktionen der nächsten Jahre, in und auch außerhalb von Berlin, in denen sie immer wieder auch gemeinsam engagiert sind, Elli als Ausstatterin, Kristine als Dramaturgin – und auch wenn sie nicht zusammenarbeiten, besprechen sie ihre Entwürfe und Strichfassungen regelmäßig auf Kristines Sofa oder an Ellis großem Ateliertisch. Eine Lösung finden für den einen oder anderen Knoten im Kopf, eine Idee bestärken oder gemeinsam verwerfen, nach Worten für ein Bauchgefühl suchen, *damit ich weiß, in welche Richtung du willst*. Eine Zeit lang teilen sie sich sogar eine Wohnung, die vielen Bilder aus dieser Zeit, hauptsächlich im Kopf und weniger in der Fotokiste, dazu kommen die gemeinsamen Reisen, von denen es wiederum sehr viele Fotos gibt: Mit dem Flugzeug nach London und nach Lissabon, mit dem Auto zum Theaterfestival nach Avignon und per Anhalter durch Spanien, mit dem Zug nach Zürich oder Wien, und immer wieder auch spontan an die Ostsee. 2005 dann die Fahrt nach Brno, denn mit Anfang 30 beginnt sich Elli plötzlich für die Herkunft ihrer Mutter zu interessieren. Die Strecke führt über Dresden und Pirna, der Stadt, in der Kristine geboren und aufgewachsen ist, dann weiter nach Bad Schandau, Děčín, Ústí nad Labem, Prag, Kolín, Pardubice, Brno (wie sehr sie darauf bedacht sind, keinesfalls Brünn zu sagen). Hinter Dresden bis zur tschechischen Grenze kurzzeitig diese Sentimentalität im Bauch, ein Heimatgefühl, das Kristine selten überkommt. Sie ist nicht anfällig dafür. Dennoch: Die Landschaft vor dem Fenster, vor allem der Fluss mittendrin, etwas, das zu ihr gehört. Die Stadt, in der sie nach siebeneinhalb Stunden ankommen, etwas, das zu Elli gehört. Zu Fuß geht es durch Brno und mit dem Finger auf dem Stadtplan entlang. Platz der Freiheit, Husova, Comeniusplatz. Die Veveří ein Stück hoch, bis es linker Hand in eine Straße hineingeht, die nach Maxim Gorki benannt ist. Elli mustert verwundert das Schild, als hätte sie nicht damit gerechnet, dass die Straße auch jenseits der Erzählung ihrer Mutter existiert. An der Ecke ein Naturkostladen, dann eine Bäckerei, daneben ein Blumenladen. Über getrockneten Rosenkränzen und anderen Gestecken im Schaufenster funkeln hellblaue und lachsfarbene Glasballons, *sieh doch mal hier!*, wunderschöne, filigrane Gebilde, mit grober Paketschnur aufgehängt. Ein zerbrechliches Mitbringsel für Almut, das Kristine im Arm hält, als Elli nur wenige Meter weiter Fotos von dem mehrstöckigen Haus in der Gorkého Nummer 14 macht. Vor dem Gebäude des ehemaligen Kinderheims hocken an diesem Tag rote Baucontainer im Sand, abgegrenzt von einem Zaun, der Bürgersteig davor ist asphaltiert, in den Rissen wachsen Sauerampfer, wilde Gerste und Löwenzahn. Sonnenlicht spiegelt sich in den Fenstern, hinter denen einst Almuts Vater und damit Ellis Großvater aufgewachsen ist. Inzwischen hat hier die philosophische Fakultät der Universität ihren Sitz. Die drei Studentinnen, die Elli anspricht, wissen allesamt noch von dem Kinderheim.

Es sei ein gängiger Scherz unter den Studierenden hier, erklärt ihnen eine der Frauen in fließendem Deutsch: Die philosophische Fakultät als verwaistes Kind, das immerzu zurückschauen muss. Im Café gegenüber werden gerade dunkelgrüne Sonnenschirme aufgespannt. Sie bestellen Kaffee und dazu Omelett. Erst jetzt bemerken sie den starken, süßen Fliedergeruch ringsherum. Die Gegenwart mit den Bruchstücken der Vergangenheit rahmen, jede Nachfrage spornt an, ergibt eine weitere Geschichte, bis in einem kargen Hotelzimmer der Morgen graut. Wer bist du in diesem Rahmen? Wie fühlt er sich an? Die vielen Pläne immer noch, für eine Gegenwart, die in eine gemeinsame Zukunft reichen soll. Von da kommst du her, aber nach da wollen wir zusammen hin.

Dabei zeigt sich doch gerade in dieser Zeit, mit Anfang dreißig, ein Auseinanderdriften der Wege, Elli, die sich längst mit Haut und Haar dem Theater verschrieben hat, Kristine, die zögert, und sich nach einigen Gastarbeiten an kleineren Häusern in der Provinz vom Theaterbetrieb wieder wegschreibt. Erst mit Bühnenfassungen von Romanen und Kinderbüchern, die sie hauptsächlich per Mail besprechen und von zu Hause aus bearbeiten kann, später kommen auch Hörspiele und Features fürs Radio und Artikel für Zeitschriften hinzu. (Das Eingeständnis, das ihr lange Zeit schwerfiel, das auch nicht passte zum gewählten Beruf: *Ich bin eher ein sesshafter Mensch.*) Vier Jahre nach der Brno-Reise sitzt Kristine mit dickem Bauch an ihrem Schreibtisch und Elli reist mit ihren Bühnenmodellen im Kofferraum längst kreuz und quer durch Deutschland und neuerdings auch in die Schweiz. Ellis Erfolg ist nur folgerichtig, Kristines Schwangerschaft ist es nicht – aber die Freude wächst mit den blassrosa Streifen auf dem Test (gleich drei hintereinander hat sie gemacht, um sicherzugehen). Ein Mädchen – trotz der Freude seltsam fremd in diesem ersten Moment, da man ihr das Kind nach der Geburt an die Brust legt. Inzwischen ist die Ähnlichkeit nicht mehr zu übersehen. Immer wieder bekommt Kristine es zu hören: Dieses Kind sieht aus wie du. Die helle Haut, die im Gesicht und an den Armen zu Sommersprossen neigt, das blonde, feine Haar. Und schon mit fünf Jahren eine Brille im Gesicht. Der Vater verschwindet mit den Jahren aus den kindlichen Zügen, anfangs konnte Kristine ihn um die Augen noch deutlich erkennen. Plötzlich vergehen Wochen, Monate, ohne dass Kristine und Elli sich sehen. Sie telefonieren ab und an oder schreiben sich Postkarten, und manchmal ist auch eine bemalte Karte von Elli an Ada dabei. An den Wochenenden trifft sich Kristine immer öfter mit Freunden oder Kollegen, die auch Kinder haben, im Sommer verabreden sie sich am See und im Winter zum Rodeln im Park. Und Elli übernachtet auf ihren Reisen bei Kollegen, die ebenfalls Freunde geworden sind.

Seit einigen Monaten weiß Ada: Ihre Eltern leben getrennt (wie lange sie brauchte, um das zu verstehen). Sie weiß auch: Sie hat nun zwei Kinderzimmer, Sachen und Spielzeug hier und da. Die halbe Woche hier, die andere halbe Woche da. Halbierter Alltag, halbierte Ferienzeiten. Die Zeiten ohne Ada sind in den ersten Wochen nach der Trennung kaum auszuhalten. Und doch ist es die beste Lösung (oder wenigstens eine Lösung) für die zufällige Verbindung zweier Menschen, die nach einer Premierenfeier den gleichen Weg haben. Die sich nach einer gemeinsamen Nacht vier Jahre lang eine Beziehung abringen, für sich und das Kind, dann nur noch für das Kind, bis es irgendwann besser scheint, nicht länger zu ringen. Manchmal denkt Kristine beim Einschlafen an Jakobs Körper neben sich, manchmal denkt sie an ihn, wenn sie morgens aufsteht oder am Küchentisch sitzt, doch wirklich schmerzhaft fehlt ihr regelmäßig das Kind, dessen Abwesenheit sie überall in der Wohnung spüren kann. Alle paar Tage Zeit, um ins Kino oder ins Theater zu gehen, um Freunde und Kollegen zu treffen, um morgens ein bisschen länger zu schlafen und dafür bis in den späten Abend hinein zu arbeiten. Alle paar Tage Zeit, auch Elli endlich wieder öfter zu sehen, die aber ausgerechnet jetzt ihre Berliner Wohnung aufzulösen beginnt. *Ich bin doch schon seit Jahren mehr weg als hier.* In diesem Moment vielleicht erst wirklich begreifen, dass ihre Wege auseinandergedriftet sind. Der Ateliertisch steht nun in einer Zwei-Zimmer-Wohnung in Basel, 869 Kilometer entfernt. Kristine weiß, wie sehr sich Elli inzwischen ein Kind wünscht (Elli: Reden kann ich mit Albrecht auch per Skype, aber wie soll dabei ein Kind herauskommen?), sie weiß auch um Ellis Angst: Was, wenn es längst zu spät ist? Adas Geburt hat sie beide aufgeschreckt, als hätten sie etwas Entscheidendes jahrelang verschwitzt – und genau in dieser Zeit schafft Elli den Durchbruch an den größeren Häusern und ihr Freund Albrecht bekommt über zwei Ecken die Stelle als technischer Direktor am Theater in Basel, das kann man nicht ablehnen, nicht nach fünfzehn Jahren Malochen als freier Techniker. Elli damals sechsunddreißig, inzwischen neununddreißig. Im November vierzig. Die Bitte geht Elli in Kristines Küche nicht leicht von den Lippen, dabei ist das doch keine große Sache, *nein wirklich nicht, natürlich schaue ich ab und an nach deiner Mutter. Ich bin doch hier.* Kristine bemerkt das Feuchte in Ellis grüngrauen Augen und nimmt sie, die sie noch immer besser zu kennen glaubt als jeden anderen Menschen, in den Arm. Die Zeit rennt. Seit drei, vier oder fünf Jahren rennt plötzlich die Zeit.

Auch Almut liegt viel daran, ihrer Tochter Elli die Entscheidung und den Umzug nach Basel leichter zu machen, und natürlich wird sie damit zurechtkommen. *Du brauchst dir nicht die geringsten Sorgen zu machen.* Zugleich ist sie aber auch über ein bisschen Ablenkung froh, in Form von geteilter Freude über die Frühlingssonne auf der Haut, dazu Kristines Stimme im Ohr, die von Adas ersten Schreibversuchen erzählt. Aus Buchstaben Worte bilden, wie wundersam das jedes Mal schien – damals, als sie selbst gerade lesen und schreiben lernte, wie auch später im Hort, wenn sie den Kindern bei ihren Hausaufgaben half. Sofort hat sie Gesichter von ehemaligen Schülern im Kopf, immer schon hatte Almut ein besonderes Gedächtnis dafür, für Namen und Zahlen weniger, aber Gesichter waren immer wie Farben, sie kann die Augen schließen und rot sehen oder grün und gelb, sie kann die Augen schließen und Elli sehen oder Hans. Ihr galoppiert ja ebenfalls die Zeit davon, aber nicht nach vorn, sondern zurück, denn wenn erst die Arbeit wegfällt, das Kind längst erwachsen und der Mann begraben ist, gibt es keinen Grund mehr, die Vergangenheit für eine Zukunft im Zaum zu halten.

Der Kopf, der sich neuerdings beim Lesen zwischen den Buchstaben verirrt. Die starken Medikamente, die sich natürlich auf die Konzentration auswirken. Almut öffnet die Augen und schaut über die Wiese bis zur S-Bahn hinüber. Registrieren, wie sich ihr Körper in der Sonne und im Zuhören entspannt. Elli und Kristine sonst immer im Doppelpack, bei Premieren oder Geburtstagen, einmal auch eine Einladung in den Garten ihres Hinterhofs, den Almut gleich nach der Wende mit Hans und einigen Nachbarn angelegt hat. Drei Beete und ein kleines Gewächshaus, dazwischen Rasen, einige Obststräucher, viel Flieder und eine Bank. Im Sommer wurde das Schwimmbassin für die Enkel der Nachbarn aufgebaut.

Sie selbst ist am liebsten morgens schwimmen gegangen. Zwischen sieben und acht, wenn die Berliner Bäder noch halbwegs leer sind. 20 Bahnen gegen einen schwarzen Fleck im Kopf. Auch hier gibt es ein Schwimmbad gleich um die Ecke, zu Fuß sollen es nur 20 Minuten sein. Almut schlägt im Kopf weitere 20 Minuten drauf. Fast anderthalb Stunden hin und zurück, dazu das Aus- und wieder Ankleiden im Schwimmbad, inzwischen traut sie sich das nicht mehr zu.

Sie bückt sich nach einem rotschwarzen Ball, der ihr zwischen die Füße rollt, und wirft ihn den Jungen, die auf der Wiese miteinander Fußball spielen, zurück.

– 2 –

Wenn sie an ihren Vater denkt, hat Almut ein jungenhaftes und ein müde gewordenes Gesicht vor Augen. Das müde Gesicht gehört einem Mann im offenen Sarg, gekleidet in seinen Hochzeitsanzug. Das jugendlich verschmitzte Gesicht gehört einem Mann, der sie als kleines Mädchen auf seinen Schultern trägt, in der Regel deutsch und nur am Abend beim Zubettbringen tschechisch mit ihr spricht. Die deutsche Sprache hat Karel Horák im Brünner Waisenheim gelernt, wo man seinen tschechischen Vornamen auch auf Karl verkürzt. Den widrigen Umständen zum Trotz – der Vater unbekannt und die Mutter laut den Unterlagen, die der Heimleitung vorliegen, im März 1903 verstorben, da ist der Junge erst vier – ist er mit einem Gemüt gesegnet, das voller Erwartung und Neugier auf das Leben blickt.

Almuts Mutter, Martha Glöckner, kommt aus einer deutschen Familie, der Vater ist Ingenieur in einer Eisen- und Tempergießerei am Rande der Stadt, die Mutter, einst vom Land nach Brünn gezogen, verwaltet den Haushalt. Martha und ihre beiden älteren Brüder werden nach der Volksschule aufs Gymnasium geschickt, die Jungen auf das humanistische Deutsche Staatsgymnasium und Martha besucht ein Real-Reform-Gymnasium für Mädchen, wo sie eine Ausbildung in neuzeitlichen Sprachen (Französisch und Tschechisch), in Musik, Deutsch und Zeichnen sowie Geschichte und Turnen erhält. Neben der Schule bekommt sie dazu noch regelmäßige Stunden in Klavier, in Handarbeit (bei der Mutter) und Stenografie, ein Kurs, den ihr der Vater zum sechzehnten Geburtstag schenkt. In dieser Zeit fängt sie auch mit dem Tagebuchschreiben an, zunächst in einfachen Schulheften, die sie sorgsam vor ihren Eltern verbirgt. Da ist etwas Überschwängliches in ihr, eine Art romantischer Übermut, der die Welt um sie herum wahlweise bedeutungsleer oder aber bedeutungsschwer erscheinen lässt, und sie darüber hinaus verführt, jeder spontanen Gefühlsregung, ob Freude, Sehnsucht oder Schmerz, wie auch den ersten erotischen Ahnungen, zumindest in Form von Worten auf Papier unbedingt nachzugeben. Ein Überschwang, dem die Eltern im alltäglichen Beisammensein mit Befremden und Strenge begegnen, weil es sich nicht gehört (so die Mutter) und auch nicht praktikabel ist (so der Vater), dem Leben derart überreizt zu begegnen. Jahre später, wenn Martha mehrere Eisenbahnstunden von Brünn entfernt das Heimweh überkommt, wird ihr das Schreiben abermals eine Zuflucht sein. Dann wird sie mit dem Stift in der Hand von der Stadt ihrer Kindheit träumen, mit offenen Augen und einem nach innen gekehrten Blick, und noch später, als ihr die Kraft für das Formen der Worte abhandenkommt, projiziert der Kopf die Bilder an die Zimmerdecke über ihrem Bett, neben dem ihre Tochter Almut hockt: Bilder von der Wohnung ihrer Eltern und der großzügigen Parkanlage dahinter, ein von Gerüchen, Farben und Klängen durchzogener, verwunschener Ort. Mit der großen Eisbahn im Winter und den Wasserspielen und Konzerten im Sommer. Bilder auch von der Konditorei Sedlaczek in der Josefská, nur wenige Meter entfernt von dem Haus, in dem ihre Klavierlehrerin wohnt, das wiederum nur wenige Minuten Fußweg von ihrer Schule in der Husova entfernt ist.

Bis 1918 hieß die Husova, die direkt am Park Špilberk entlang verläuft, noch Elisabethstraße – und mit dieser Elisabeth war jene bayrische Kronprinzessin gemeint, der erst ein Kaiser und ein Jahrhundert später eine Schauspielerin zur Berühmtheit verhalf. In der Erinnerung ist der Himmel darüber strahlend blau, in der Erinnerung eines Tagebuchs zieht im Frühjahr der Geruch der Fliederbüsche aus dem gegenüberliegenden Park bis in die Klassenzimmer hinein. Und der halbstündige Schulweg ist immer viel zu kurz für die drei Freundinnen Martha, Hedwig und Anni, wie auch all die anderen Wege durch die Stadt ihnen immer viel zu kurz erscheinen: Ist es doch die einzige Zeit, in der die Mädchen unbeaufsichtigt sind. Und so reden sie vom ersten Schritt an ohne Punkt und Komma los, und während die Beine das Tempo zu drosseln versuchen, fliegen, stürzen die Worte nur so dahin, überlagern sich, verbinden sich, vermischen sich mit einem hellen Mädchenlachen. Worte über Jungen, die sie in ihrem behüteten Alltag kaum zu Gesicht bekommen. Über Filme im Kino, die sie nur vom Hörensagen kennen, weil es für sie nicht infrage kommt, allein ins Kino oder gar in romantische Filme zu gehen. Worte über eine Zukunft, die aus ihren Mündern so viel schöner klingt als aus den Mündern ihrer Eltern.

Die Sache mit dem Kino gestaltet sich auch nach der Matura nicht unbedingt einfacher, selbst für Anni nicht, die das Elternhaus bereits wenige Monate nach ihrem Abschluss verlässt. Dafür lebt sie nun aber unter der Aufsicht ihres Ehemanns, Jurist und Sohn eines Geschäftspartners ihres Vaters, den Anni bereits seit Kindertagen von diversen Familienfesten kennt. Es graust Martha, wenn sie an das Schicksal ihrer Freundin denkt, und wie sehr würde es erst Marthas Mutter grausen, wenn sie wüsste, wie ihre Tochter über arrangierte Ehen denkt. Ist doch die Ehe eine lebenslange Verbindung, die überlegt und wohl gewählt sein will, da sie dem Aufstieg und der finanziellen Absicherung ihrer Tochter dient, und keine jener Kinoromanzen, die Marthas Mutter ebenfalls nur vom Hörensagen kennt.

Kino Central, Kino Kapitol, Kino Edison, Kino Alfa, Kino Apollo, Kino Moderna – es gibt so traumhaft viele Möglichkeiten in der Stadt und auch das Programm klingt in Marthas Ohren einfach herrlich. In den Annoncen ist die Rede von Großfürstinnen und lockenden Gefahren, von Herzensdiebinnen und Maimärchen, von Brautschleiern und von einem Geiger in Florenz, von einer Kurtisane in Paris oder einer Schlossfrau im Libanon. Schließlich entscheiden sich Martha und Hedwig für »Das Recht auf Liebe« im Kino Edison. Was soll ihnen denn schon passieren? Sie müssen ja nur darauf achten, dass sie niemand sieht und erkennt.

Und so verlässt Martha an einem Morgen im März 1927, der sonnig, aber doch recht kalt ist, wie sie später in ihrem Tagebuch notieren wird, im dunklen Mantel und mit einer braunen Mappe unter dem Arm das Haus in Richtung Frauenerwerbsschule, wo sie seit der Matura einen dreijährigen Handelskurs besucht. Für den späten Nachmittag ist den Eltern von Martha und Hedwig ein Besuch bei Anni angesagt, die ihre beiden Freundinnen widerwillig, vielleicht auch ein bisschen eifersüchtig tarnt. Ein zweites Mal wird sie sich jedenfalls nicht auf so eine Schwindelei einlassen. Doch als Martha im verdunkelten Kinosaal des Edison in die großen, feuchten Augen der Leinwandheldin blickt, in denen sie sofort ihre eigenen Wünsche und Sehnsüchte wiedererkennt, steht für sie fest, dass dieses erste Mal nicht das letzte Mal gewesen sein wird.

Und so verliebt sie sich in das Kino mit seinen verführerischen, mal glücklichen, mal unglücklichen Geschichten, die ihr so fern scheinen und doch so nah und mit den eigenen Träumen verwandt, und darüber hinaus verliebt sie sich nur wenige Monate später Hals über Kopf in einen Mann, der ihr vom ersten Augenblick an ebenfalls seltsam vertraut und zugleich fremd erscheint. Er verbeugt sich leicht und weist mit einer fragenden Geste auf den Platz neben ihr. Sie schaut überrascht in sein schmales, sehr schönes Gesicht. Ja, tatsächlich, wie schön er ist! Solch ein Gesicht in Worte fassen, wenn man das könnte. Ein ernstes und dennoch offenherziges Gesicht. Gefühle in Worte kleiden oder nein, sie nicht nur umranken, verzieren und ausschmücken, sondern sich vorstellen, man träfe mit wenigen Worten tatsächlich den Kern. Mit einer schlichten Erwiderung auf eine einfache Frage: Ist der Platz an ihrer Seite noch frei? Die 21-jährige Martha Glöckner und den sechs Jahre älteren Karl Horák eint nicht nur die Liebe zum Kino, sondern darüber hinaus der feste Wille, der Realität die Schönheit und Poesie der Leinwand abzuringen.

Sie vereinbaren heimliche Treffen, deren Geheimnis noch viel größer scheint, wenn Martha sie mit Hedwig teilt, sie tauschen kleine Geschenke und geflüsterte Geständnisse, *du mein Schicksal, du mein Glück,* die Aufregung schmerzt in der Kehle und in der Brust. Wenn es doch gelänge, alles auszusprechen, sich dem anderen mit allen verfügbaren Worten hinzugeben, stattdessen füllt Martha zunächst ihr Tagebuch mit seitenlangen Beschreibungen. Der ersten Umarmungen, des ersten Kusses. Der ersten Versprechen und gemeinsamen Pläne. Und dann, da ist das Heft fast vollgeschrieben, folgt das feste und zugleich auch ängstlich formulierte Vorhaben, sich der Familie zu erklären.

Es ist ein Schock. Für beide Seiten. Marthas Eltern lehnen die Verbindung rundum ab, und die Gründe dafür könne sich Martha nun wahrlich selbst aufzählen. Ein Tscheche ohne Herkunft und ohne Familie, dazu nicht katholisch, und was ist der denn überhaupt von Beruf? Die Anstellung in der städtischen Verwaltung besänftigt keineswegs, was der fehlende Anstand der Tochter an

Zorn, Enttäuschung und Ablehnung bereits aufgewirbelt hat; wie konnte es Martha wagen, sich hinter dem Rücken ihrer Familie mit fremden Männern zu treffen? Nicht auszudenken, wie weit sie wohl gegangen ist? Die Mutter zittert um die Unschuld ihrer Tochter, der Vater ist außer sich. Karl wird kurzerhand aus der Wohnung geworfen, Martha bekommt Hausarrest. Auch die Brüder, von denen der ältere bereits verheiratet ist, fühlen sich von Marthas heimlicher Liebschaft beschämt und in Bezug auf das öffentliche Ansehen beschmutzt. Als der Vater schließlich sogar die schnelle Verlobung Marthas mit einem Kollegen aus der Gießerei erwägt, und es mag mehr eine Warnung als ein tatsächlicher Plan gewesen sein, flüchtet Martha gleichermaßen erschrocken wie fest entschlossen aus dem Elternhaus. Ist ihr bewusst, dass es keinen Weg zurück gibt? Hat sie, als sie in dieser Nacht Wäsche, Kleidung, Schmuck, Schreibhefte und andere wichtige Papiere zusammenpackt, eine Ahnung davon, dass ihr die erhoffte Versöhnung mit der Familie verwehrt bleiben wird? Wie naiv und vertrauensselig erscheint diese Hoffnung im Rückblick, und wie absehbar die Kälte in den Augen des Vaters, das Schweigen der Mutter an der Tür. Karl, im Waisenhaus aufgewachsen, ist an ein Leben ohne Familie gewöhnt, aber Martha wird sich schwer damit tun. Die Liebe wird ihr zum Schicksal, und eine Zeit lang versucht Martha, sich an diesem Gedanken festzuhalten. Es gibt Tage, an denen sich Almut viel lieber an die blassblaue Schrift in einem einfachen Schreibheft als an das schwermütige Gesicht der Mutter erinnern mag.

Sie heiraten im Sommer 1929, lediglich im Beisein von Hedwig (denn auch Anni lehnt diese, wie sie sagt, liederliche Romanze ab). Von Karl kommt ein Freund, der ebenfalls in der städtischen Verwaltung angestellt ist. Dieser Freund ist es auch, der Karl bei der Suche und Vermittlung einer neuen Arbeitsstelle hilft, nur keinesfalls in Brünn, Karl ist bereit, überall hinzugehen, wenn es Martha nur hilft, etwas Abstand zu gewinnen.

Im März 1930 kommen sie im nordböhmischen Reichenberg an – eine Stadt, in der sie niemand kennt und die sie an nichts erinnern soll. Eine Stadt, in der sie gemeinsam neu anfangen und eine eigene kleine Familie gründen wollen. Der Hausstand ist bescheiden und wird per Eisenbahn nachgeschickt. Martha setzt ein fröhliches Gesicht auf und schaut zu den grüngrauen Bergen hinauf, die so selbstsicher in den Himmel ragen und in deren Schoß die Stadt behütet und zugleich eingeschlossen scheint. Wie schön!, sagt sie leise zu Karl, und kann doch die Fremdheit der Landschaft kaum fassen.

3 REICHENBERG / LIBEREC

Die Stadt ist zwischen den Ausläufern des Isergebirges und am Fuße des Jeschkengebirges gelegen. Die Morphologie spricht von einem Schatz an Oberflächenformen, die sich im Zuge tektonischer Bewegungen, vulkanischer Einflüsse und verschiedener Abtragungsfaktoren herausgebildet haben und noch weiter herausbilden werden. Ein stetes Spielfeld der Erosion und zugleich Momentaufnahme einer Landschaft, welche zu allen übrigen Erscheinungen der Erdoberfläche in Wechselbeziehung steht.

Versteinerungen geben Zeugnis von den Tiefseefischen aus dem Urmeer, von Armfüßlern, Krebsen und Korallen. Andere zeugen von den Urwäldern der Braunkohlezeit: von den Mammutfichten und gewaltigen Ahornen, den Palmen, Erlen und immergrünen Zimtbäumen. Hier sollen einmal zottige Mammute, Wildpferde, Steppenhirsche und Nashörner vorbeigezogen sein. Im ältesten Granit des Isergebirges finden sich Einschlüsse von Glimmerschiefer und weißem Quarz, der jüngere Granit kommt im Gewand des hellroten Feldspats daher. In den Mulden der Kammzone ruhen dunkle Moore, umrandet von einer weitläufigen Sumpflandschaft mit Zwergkiefern, Wollgras und Rauschbeere. Unterhalb der Kammzone beginnt die siedlungsleere Waldzone, in der erst Fichten, dann auch Laubbäume, vor allem Buche und Ahorn, wachsen, zwischen denen sich schmale Bachläufe mit glasklarem Wasser entlangschlängeln. Das Wasser weist den Weg weiter bergab zu den fruchtbaren Talsiedlungen, die zunehmend von Wiesen und Feldern umschlossen sind. Am Wegrand wachsen Himbeeren und Brombeersträucher. Sandwege enden an befestigten Straßen, auf denen Kraftwagen und Motorräder fahren. Am Bergfuß beginnen die silbrigen Gleise der Straßenbahn. Und die Gleise führen direkt in die Stadt.

Mit bloßem Auge lassen sich Lichtjahre voneinander entfernte Sterne am Himmel zu einem Bild verbinden und ebenso lassen sich Orte, Zeiten und Menschen verbinden, als zöge man eine feine Bleistiftlinie durch die Jahrhunderte. Die Vorstellung bewegt sich durch Zeit und Raum, durch eigene und durch fremde Geschichten, Bruchstücke, Begebenheiten, Stationen auf einem Weg, dann und wann der halbherzige Versuch, Lebensmaterial zu ordnen, Erfahrungen zu sortieren, im Rückblick eine Art roten Faden zu finden. Kompass oder Wegweiser wohin? Und wozu?, fragt sich Almut, wenn die Zeit in ihrem Kopf wieder einmal davongaloppiert und dabei eine Staubwolke aus alten Bildern hinterlässt, Bilder, die sich wie Bücher in einer Bibliothek nach verschiedenen Systemen ordnen ließen. Nach Namen, nach Jahren oder nach Themen? *Bist du gewiß, daß unser Schiff gelandet / An Böhmens Wüstenei'n?*

Urkundlich wird der Ort, an dem Almut geboren und bis zu ihrem vierzehnten Lebensjahr aufgewachsen ist, erstmalig 1352 erwähnt. Der böhmische König Johann von Luxemburg hatte die Ländereien wenige Jahrzehnte zuvor an seinen Untergebenen Heinrich von Leipa verschenkt, der sie nun laut dem überlieferten Dokument aus den bestehenden Verpflichtungen an Zittau in die Eigenständigkeit entlässt. Doch was meint schon Eigenständigkeit? Im Verlauf der nächsten Jahrhunderte wird das Land noch unzählige Male in Besitz genommen, weiterverschenkt oder verkauft, in Erbstreitigkeiten oder Kriege verwickelt, Menschen kommen von irgendwo her, siedeln sich an oder ziehen weiter, Häuser und Straßen brennen ab und werden wieder aufgebaut, Kinder werden geboren und von Seuchen dahingerafft. Bis ins 18. Jahrhundert hinein werden rund um das einstige Dorf Reychinberch Eisenerz, Silber, Kupfer, Blei und Zinn abgebaut. Doch nachdem die Lagerstätten erschöpft sind, entwickelt sich Reichenberg rasch zu einer Stadt der Tuchmacher und Färbermeister und schließlich zum Zentrum der böhmischen Textilindustrie. Tausende deutsche wie tschechische Arbeiter strömen, angelockt von der Aussicht auf Arbeit und Einkommen, nach Reichenberg. 1906 findet hier die Deutschböhmische Ausstellung statt, die nicht etwa Zeugnis dieser nunmehr tschechisch-deutschen Arbeiterschaft ist, sondern stattdessen ein kämpferisches Zeugnis von dem hohen Werte deutscher Arbeit und den Forderungen des deutschböhmischen Volkes in nationaler und politischer Hinsicht geben will. Das Ausstellungsgelände beläuft sich auf über 400 000 Quadratmeter. Der Holzverbrauch ergibt eine Gesamtlänge von 600 Kilometern. 30 000 Kilogramm Nägel und Klammern fallen für die einzelnen Aufbauten an. Bis zum Ende der Ausstellung werden 240 000 Kilowattstunden an elektrischem Strom, 9 600 000 Liter Trinkwasser und 10 200 000 Kilogramm Speisewasser verbraucht. 7000 Glühlampen und 450 Bogenlampen zieren die Ausstellung, die aus 25 Ausstellungsgruppen mit insgesamt 78 Untergruppen besteht. Es werden mehr als 60 Kongresse und Tagungen durchgeführt, unter anderen die der deutschen Hausbesitzer und Sparkassen, der deutschen Ärzte und Notare, der deutschen Handels- und Industrieangestellten, der deutschen Landwirte und Güterbeamten, der deutschen Färbermeister, Schneidermeister, Bäckermeister, Dachdeckermeister, Maurermeister und Postmeister, der deutschen Buchdrucker und Fotografen, der deutschen Lehrer und Turnvereine, der deutschen Alkoholgegner wie auch der Schankwirte, der deutschen Automobilklubs und Radfahrer, der deutschen Imker, Friseure, Anstreicher und Bautechniker, der Schuhmacher und Uhrmacher, der deutschen Kaufmänner, Forstmänner und Feuerwehrmänner. Es werden 1 265 423 Besucher und Besucherinnen gezählt, und gewiss wären es noch mehr gewesen, hätte sich der Himmel über ihnen nicht so betrübt und regnerisch gezeigt. Selbst Franz Joseph I., Kaiser von Österreich sowie König von Ungarn und Böhmen, reist höchstpersönlich an.

Ehre, wem Ehre gebührt, stellt der Geschäftsführer der Ausstellung bei der Eröffnungsveranstaltung feierlich fest und seine Stimme zittert im Ansturm der persönlichen und nationalen Empfindungen. Er erhebt sein Glas. Hoch und Heil dem deutschen Volk! Lebhafter Beifall brandet in der Festhalle auf. 1000 geladene Festgäste prosten sich und dem Mann auf dem Podium zu, Hoch und Heil für alle Ewigkeit, tönt es aus tausendundeinem Mund.

Zwölf kurze Jahre später ist der Kaiser Franz Joseph tot, der Erste Weltkrieg verloren und die österreichisch-ungarische Monarchie zerfällt wie ein Kartenhaus. Die

Gründung der Tschechoslowakischen Republik im Oktober 1918 wird in Reichenberg und Wien mit der Ausrufung der Provinz Deutschböhmen beantwortet, daraufhin besetzen tschechische Truppen Reichenberg. Als Martha und Karl Horák im Frühjahr 1930 in der Stadt ankommen, sind hier zahlreiche Vereine zur Bewahrung der deutschen Heimat und Sitten auf dem Boden der Tschechoslowakischen Republik registriert: deutsche Gebirgsvereine und ortsgeschichtliche Ausschüsse, wissenschaftliche Gesellschaften mit einem für Vorträge ausleihbaren Lichtbildbestand, deutsche Bildungs- und Kulturverbände, deutsche Turnverbände, Wanderverbände und Naturvereine, deutsche Ausschüsse für deutsche Laienbühnen und einen deutschen Volksliederbestand. Martha und Karl interessieren sich nicht für Vereine, Verbände oder Ausschüsse, sie interessieren sich noch nicht einmal sonderlich für Politik oder für die Geschichte der Stadt, aber im Gegensatz zu seiner Frau empfindet Karl sofort ein Gefühl der Zugehörigkeit, eine merkwürdige Verbindung zwischen ihm und der bergigen Landschaft rund um die Stadt.

Es macht Almut keine Mühe, sich vorzustellen, wie ihre Eltern in den ersten Wochen nach ihrer Ankunft gemeinsam den Jeschken hinaufspazieren, anfangs gehen sie vielleicht noch Hand in Hand, und weil es ein warmer Tag ist, vermischt sich ihrer beider Schweiß mit der Zeit als ein Bachlauf zwischen ihren Handlinien. Karl neckt Martha mit einem Grashalm im Nacken und summt eine Melodie, die er noch aus Kindertagen kennt. An einer Rotbuche bleiben sie stehen, die Luft riecht harzig und salzig riecht die Haut, und plötzlich läuft Martha, einer spontanen Eingebung folgend, mehrere Meter weiter bergauf und holt sich die dichten Baumwipfel mit ins Bild. Sie stemmt die Hände in die Seiten und ruft ihrem Karl verwegen zu, wie winzig er nun aussehe inmitten der hohen Bäume, wie ein Zwerg oder eine Spielzeugfigur. Das aber lässt sich Karl nicht zweimal sagen. Geschwind hat er den Abstand zwischen ihnen aufgeholt. Martha wehrt ihn kichernd ab, schreit spitz auf und schlägt einen Haken, aber da hat er sie schon an den Hüften gepackt. Ein Herr kommt ihnen entgegen und lüftet grüßend den Hut. Karl lässt schmunzelnd von Martha ab, die schnell ihre Bluse richtet. Oben am Jeschkenhaus bläst ihnen der Wind das Haar durcheinander und sie wiederum drehen und wenden sich umeinander, die eine Hand flach an die Stirn gelegt und den Zeigefinger der anderen Hand weit ausgestreckt, nach da und nach dort *und sieh doch mal hier*. Schließlich steigen sie auch den Turm hinauf, denn da oben soll die Aussicht ja nicht zum Vorstellen sein, man könne Gablonz sehen und darüber hinweg das Riesengebirge mit der Schneekoppe mittendrin. Auf der anderen Seite leuchten die roten Dächer von Zittau auf, der Blick fliegt über Bautzen hin und schwenkt dann zurück nach Böhmisch-Leipa, nach Zwickau und nach Seifersdorf. Manchmal, wenn der Himmel ganz klar ist, sollen sogar die goldenen Türme von Prag zu erkennen sein. Bevor sie den Berg wieder hinabsteigen, trinkt

Karl noch ein Bier und Martha bestellt sich ein großes Himbeerwasser.

Sie trinkt in großen, schnellen Zügen.

Sie tupft sich mit ihrem Taschentuch über den feuchten, leicht klebrigen Mund.

Sie zwinkert Karl zu und bestellt sich ein weiteres Himbeerwasser, diesmal ein kleines. Denn der Doktor hat gesagt, dass sie in den nächsten Monaten für zwei essen und trinken soll.

Das Kind, ein Junge, stirbt nur wenige Stunden nach der Geburt. Als hätte er sogleich wieder vergessen, wie das Atmen geht. Stille hockt in seinem Mund, auf seinen blauen Lippen, in seinem spitzen, ernsten Gesicht. Die Ärzte schütteln den Kopf und nehmen den winzigen Körper mit sich. Martha rollt sich ein und regt sich nicht mehr. Nicht für die Ärzte, die in einem Halbkreis um ihr Bett ziehen, nicht für ihren in Tränen aufgelösten Mann. Wie soll diese Leere in ihrem Bauch zu ertragen sein, wie soll sie, die sich über Wochen und Monate daran gewöhnt hat, zwei zu sein, je wieder eins werden? Dass Almut unter anderen Umständen einen älteren Bruder gehabt hätte, wird sie aus Marthas Schreibheften erfahren. Da weiß sie längst um die Zweigeteiltheit ihrer Mutter, die an manchen Tagen wie eine größere Schwester wirkt, und beim Versteckspiel kichernd in und sogar auf Schränke klettert, und an anderen Tagen stundenlang im Bett verharrt und dabei an die Decke starrt. Mama ruht sich aus, sagt der Vater dann und löst Almuts Hand behutsam von der Türklinke. Und Almut flüchtet aus der bedrückenden Stille ihrer Mutter einige Straßen weiter zu Rosa, der sie sich tatsächlich wie eine Schwester verbunden fühlt. Noch ahnen die beiden Freundinnen nicht, was es mit der Bekanntschaft ihrer Familien auf sich hat, denn auch Rosa weiß nichts davon, dass ihre Mutter, Ida Steiner, am 4. Dezember 1930 im gleichen Krankenzimmer wie Martha Horák liegt, da sie ebenfalls gerade entbunden hat. Ida Steiner weiß von ihrem Kind: Es ist ein Mädchen, und es ist wohlauf. Sie wird es Rosa nennen. Ein Schauer fährt ihr über den Rücken, sobald sie auf den reglosen, gekrümmten Körper ihrer Bettnachbarin blickt. Vielleicht ist sie insgeheim sogar erleichtert, dass es den Jungen und nicht ihr Mädchen getroffen hat. Sie schämt sich für diesen Gedanken. Aus Scham sucht sie das Gespräch mit der Frau, die gerade ihr Kind verloren hat.

Aber wie so ein Gespräch beginnen? Gäbe es einen Vater im Himmel, dann wäre vielleicht etwas zu sagen, das trösten könnte in solch einem Moment. Aber Ida hat weder Sinn noch Talent dafür, an einen Gott zu glauben, und ihm das Geschick jener Frau in die Hände zu legen. Da hat sich niemand was dabei gedacht, da hat keiner dem Kind die Luft genommen und es auf diese Weise zu sich genommen im Sinne eines höheren Plans. Schließlich erkundigt sich Ida nach dem Namen des Jungen, und weil sie nicht fragt: Wie hieß er oder wie hätte er heißen sollen?, sondern, gleichermaßen verwirrt vom Präteritum wie vom Konjunktiv in solch einer Situation, kurzerhand fragt: Sag, wie heißt dein Junge denn?, öffnet die Frau im Bett nebenan für einen Moment die Augen und flüstert den Namen ins Kissen: Hans.

Hans ist im Jahr 1930 ein weit verbreiteter Vorname. Er ist beliebter als Karl, Günther oder Heinz. Der Mann, den Almut eines Tages heiraten wird, heißt so, und auch Idas Mann, der als Schlosser in einer Reichenberger Textilfabrik jene Maschinen wartet und repariert, die Ida wiederum als Textilarbeiterin bedient, trägt diesen Namen. Von seinen tschechischen Kollegen wird er manchmal Honza genannt. Er hört es gern. Ida und er empfinden sich als Teil einer internationalen Arbeiterschaft. Denn sie sind beide – und das bekennen sie mit Stolz – Kommunisten.

Die kommunistische Partei der tschechoslowakischen Republik hat in ihrem Gründungsjahr 1921 zwischen 250 000 und 350 000 Mitglieder, gleichermaßen Tschechen wie Deutsche. Bei den Parlamentswahlen 1925 kommt sie mit fast einer Million Wählerstimmen auf den zweiten Platz. Doch bereits 1929, nach einem entscheidenden Führungswechsel an der Parteispitze, von Bohumír Šmeral auf Klement Gottwald, und einer damit einhergehenden Radikalisierung und Ausrichtung auf den Moskauer Kurs, zählt sie binnen kürzester Zeit nur noch rund 30 000 Mitglieder. Zu den Verbliebenen gehören Ida und ihr Mann Hans Steiner sowie Idas jüngere Brüder Georg und Franz. Zu ihren Wählern gehören außerdem Idas Eltern Paul und Anna Brückner sowie Bertha Thiel, ehemals Brückner, welche die bereits verwitwete Schwester von Idas Vater ist. Einzig Idas geliebter Onkel Willi, ein aus dem ersten Weltkrieg zurückgekehrter Bruder von Idas Mutter, ist weder an Politik noch an Parteien interessiert. Aber er ist ein charmanter und hilfsbereiter Kerl, ein bisschen verschroben vielleicht, aber auf eine unterhaltsame Art, und am Familientisch stets gern gesehen. Es mag an diesem Tisch so manche hitzige Diskussionen geben (Immer wieder über den Moskauer Kurs, für den die Partei nun mit Klement Gottwald an der Spitze steht: *Ihr sagt, dass wir aus Moskau abkommandiert seien, dass wir dort unsere Ratschläge holen. Ja, das stimmt. Wir sind die Partei des tschechoslowakischen Proletariats, und unser oberster Stab ist wirklich in Moskau.* Oder sie diskutieren über die Regierung in Prag, die wie dieser Gottwald sagt, nichts gegen die aktuelle Entlassungswelle in den hiesigen Fabriken und damit gegen das Elend der Leute tut: *Wir werden hungrige Arbeiter gegen die Kapitalisten hetzen, das unterdrückte Volk gegen ihre Unterdrücker, Soldaten gegen Offiziere, kleine Staatsbeamte gegen ihre Minister! Wir werden sie aufhetzen und ihre Ruhe stören!* Hetzen?, fragt Idas Vater immer wieder nach, muss man denn gleich Worte wie »hetzen« verwenden? *Ja, das tun wir und das werden wir auch weiter tun!*). Und so schlagen sie sich am Tisch die Worte der neuen Parteispitze um die Ohren, aber Politik ist Politik und Familie ist und bleibt Familie, und wenn sich Onkel Willi derweil lieber um den Nachtisch kümmern will, dann ist das halt so. Es könne ja auch nicht jeder mit der Politik verheiratet sein, meint sogar Ida, die an ihrem Onkel Willi seit den frühen Kindheitstagen hängt, und erst nachdem es Abertausende Tote zu zählen gibt, darunter auch fast ihre gesamte Familie, wird sie ihre Meinung ändern und jedem misstrauen, der sich heraushalten will. Doch bis dahin ist Wilhelm Herbig schlicht Onkel Willi, ein unverheiratetes Familienmitglied ohne Mitgliedsausweis oder Parteiabzeichen am Revers, stattdessen Besitzer eines Motorrads und eines singenden Kanarienvogels. Als Vertreter für Leinensachen und Kurzwaren braust er mit seiner Jawa regelmäßig über die Dörfer des Umlands, wo es sich nicht gehört, dass einer aus einer roten Familie kommt und noch dazu nach schönen Männern Ausschau hält. Aber muss man den Leuten denn alles auf die Nase binden? Wozu?, sagt sich Willi Herbig und schüttelt den Kopf. Ihm fällt es überhaupt nicht ein, mit den Dorfleuten über seine Gesinnungen oder sexuellen Neigungen zu sprechen, lieber unterhält er sie mit Flunkereien über sein zitronengelbes Kanarienvögelchen, das, wie er behauptet, auf wundersame Weise begabt sei, ihm das Wetter vorherzusagen.

Schläft es am Kopfteil des Bettes ein,
gibt es am Morgen Sonnenschein.
Hockt es dagegen unten am Fuß,
gibt es einen Regenguss.
Kommt das Vögelchen gar nicht zur Ruh,
geben sich Blitz und Donner ein Rendezvous.

Heute Morgen saß es auf meinem Kopf, schwört Willi mit triumphierender Miene und zeigt in einen seeblauen Himmel hinein, über den weiße Wattewölkchen wie Ausflugsdampfer ziehen. Spätestens da lachen die fülligen Dorffrauen laut auf und nun ist es Zeit, ihnen die Ware zu präsentieren. Knöpfe, Nadeln und Zwirn braucht es immer im Haus und auch das Leinen ist von einer ganz hervorragenden Qualität. Obendrein sei ihnen natürlich ebenfalls so ein Vögelchen anzuraten, schon allein aus künstlerischen Gründen. Wie wäre die Welt nur eingerichtet, seufzt Willi und zwinkert den Dorffrauen zu, wenn alles menschliche Streben einzig darauf hinausliefe, eine solche Meisterschaft im Gesang zu erlangen, um schließlich mithilfe der schönsten Lieder zu kommunizieren, zu konkurrieren und umeinander zu werben.

Onkel Willi weiß nicht nur seine Stimmbänder geschickt einzusetzen, sondern darüber hinaus auch die Karten zu deuten. Als die Leinenstoffe und Kurzwaren im Zuge der Wirtschaftskrise zunehmend schlechter laufen (denn kaufen kann nur, wer einen Lohn zum Ausgeben hat), legt er die Zukunft als Anreiz kostenlos obendrauf. Da ist etwas Weiches in seinen Bewegungen und in seiner Stimme, das die Männer der Dorffrauen irritiert. Aber da sich für Leinenstoffe, Kurzwaren und letztlich vielleicht auch für die Zukunft allemal eher die Frauen interessieren, winken sie nur mürrisch ab und kümmern sich nicht weiter darum, was da am Zaun mithilfe der Karten verhandelt wird.

Ein Kreuzbube steht für den Zusammenhalt der Familie wie der Gemeinschaft. Die Kreuz-Zehn prophezeit eine lange Reise, und damit auch Heimweh und neue Erfahrungen. Die Kreuz-Sieben steht für Tränen und Leid, für berechtigte Sorgen und traurige Nachrichten.

Aber warum legst du mir denn nur Kreuz aus?, spottet Ida über den kindlichen Hokuspokus des Onkels. Und in welcher Reihenfolge ist es zu lesen?

Zunächst einmal so:

Nur drei Wochen nach der ersten Begegnung im Krankenhaus werden für Martha und Karl zwei zusätzliche Stühle an den brücknerschen Familientisch gestellt. Und dann zu Weihnachten 1932 kommen die Horáks endlich zu dritt. Das drei Monate alte Baby schläft tief und fest in Marthas Arm, die immer wieder nach dem Atem ihrer Tochter horcht. Mit dem Ohr ganz dicht heran, an die winzige Nase, den winzigen Mund. Und Almut atmet ihrer Mutter ganz gleichmäßig ins Ohr, mit einem kleinen Seufzen ab und an. Nur einmal wird sie wach und gluckst zufrieden, als Rosa kreischend an ihr vorübereilt, im Schlepptau Willi, der sie mit den Armen flatternd einzufangen versucht, und wie nebenbei dem Baby auf die Nase stupst. Karl sieht ein Leuchten in Marthas Gesicht und küsst ihr spontan das Grübchen, das sich, sobald sie lacht, tief in ihre Wange gräbt. Martha hat ihrer Familie nach Brünn geschrieben, die frohe Nachricht versehen mit einer Fotografie und den besten Grüßen und Weihnachtswünschen, ohne eine Antwort zu erhalten.

Drei Jahre später reicht die gemeinsame Familientafel zu Weihnachten immer noch durch das ganze Zimmer, wenngleich die dampfenden Schüsseln darauf deutlich weniger geworden sind. Rosa und Almut verbringen das Fest unter dem Tisch, legen verschiedenfarbige Knöpfe und Lederstücke zu Mosaikbildern zusammen und tauchen nur zum Essen wieder auf. Den Braten haben Karl und Martha beigesteuert, dazu Wein und Gebäck und einen warmen Pullover für Rosa, sie wissen ja längst, dass die Geldbörsen hier am Tisch wie auch die Regale in der Vorratskammer leer sind. Noch immer geht es nicht bergauf, in den Textilfabriken wurde schon mehr als die Hälfte der Arbeiterschaft entlassen, und es sollen immer noch mehr werden. Hans hat zum Glück seine Stelle noch, aber Ida näht seit über zwei Jahren in Heimarbeit. Karl, der im tschechischen Staatsdienst ein sicheres Auskommen hat, verspricht einmal mehr, für Idas Brüder, die sich als Lager- und Hilfsarbeiter durchschlagen, bei der Eisenbahn nachzufragen. Anstellungen gibt es gerade nirgendwo, aber vielleicht wird wenigstens tageweise die eine oder andere Hand gebraucht? Nur Idas Eltern zeigen sich noch zuversichtlich, sie haben ja schließlich die Werkstatt. Ja, ja, seufzt Ida, die die roten Zahlen in den Büchern der kleinen Schuhmacherei sehr genau kennt, aber wie lange habt ihr sie noch?

Sie machen sich Sorgen und erhalten schlechte Nachrichten. Von der Not der Tschechenherrschaft ist allerorten die Rede, von einer notwendigen Verteidigung deutscher Rechte sprechen die Leute nun offen in der Fabrik, auf der Straße und im Laden an der Ecke. Wachsen solle die Gemeinschaft, heißt es auf Flugblättern und in den Schlagzeilen der Zeitungen, *hinein und Heim ins deutsche Reich*. Und zugleich strömen aus dem Reich heraus zahlreiche Flüchtlinge über die Grenze, politische Flüchtlinge, jüdische Flüchtlinge, politische und jüdische Flüchtlinge, denen Ida und andere Genossen mühsam gesammeltes Geld und Adressen zustecken, um sie dann weiterzuschicken in Richtung Prag. Andere Flüchtlinge wollen in der Nähe der Grenze bleiben, solange es noch geht. Auf der anderen Seite: ihre Familien, Freunde, Nachbarn. Unter den Genossen munkelt man hinter vorgehaltener Hand, das Reichenberger Theater habe neulich sogar einen ehemaligen Bezirksbürgermeister, der aus Berlin fliehen musste, unter falschem Namen als Schauspieler bei sich eingestellt.

Gablonz 12 Kilometer, Tannwald 22 Kilometer, Neustadt an der Tafelfichte 28 Kilometer. Es gilt in diesen Zeiten, eine enge und verlässliche Verbindung zu den Genossen zu halten. Wanderschuhe werden geschnürt, um Berichte aus dem Umland auszutauschen und sich über das weitere Vorgehen abzusprechen. *Fünf jugendliche Henleinanhänger schlugen vergangene Woche bei unseren Genossen in Tannwald die Fensterscheiben ein*. Die gleiche Nachricht erreicht sie aus Neustadt. Ebenfalls zerschlagenes Fensterglas und die Aufschrift *Tschechenknecht und Judenfreunde* an der Haustür. Die Polizei sieht keinen Handlungsbedarf, wozu auch, wird ihnen gesagt, eine Anzeige gegen Unbekannt erstatten? Dazu sind wieder neue Flugblätter aufgetaucht: *Bewusst sei jedem Deutschen, welche Kräfte ihn an den Heimatboden binden, dessen Preisgabe ihn entwurzeln und entarten lässt.* Vorschlag zur Abstimmung: Im Gegenzug werden von den Genossen in Reichenberg ebenfalls neue Flugblätter gedruckt und verteilt, und über die Grenze ins Deutsche Reich geschleust. Keine Enthaltungen und keine Gegenstimmen auf einer sonnenbeschienenen Lichtung im Wald. Nach der Versammlung gehen sie alle noch schnell in die Heidelbeeren, denn von Politik allein füllt sich der Magen nicht. Von den Beeren werden ihre Zungen und Fingerspitzen leuchtend blau und die Herzen werden beim Singen und Sammeln für einen Moment wieder leicht: *denn Heidelbeerleut, ja die Heidelbeerleut, das sind lustige Leut.*

Auf dem Heimweg von Tannwald nach Reichenberg geht es an Maffersdorf vorbei, und da soll jener Mann herkommen, der seit einigen Jahren so eifrig an einer Heimatfront für die Sudetendeutschen baut. Seit 1935 heißt diese Heimatfront Sudetendeutsche Partei und sammelt den anderen Parteien die Stimmen bei den Deutschen weg. Wenn man nur wüsste, wie dem beizukommen ist. Ida runzelt die Stirn und selbst Karl und Martha, die von Hans und Idas politischer Arbeit nur einen Bruchteil wissen und auch nicht weiter nachfragen sollen, wenn sie an den Wochenenden Rosa bei sich aufnehmen (Je weniger ihr wisst, desto besser für euch), diskutieren vor dem Einschlafen beunruhigt, was von diesem Konrad Henlein in der Zukunft zu erwarten ist.

Dass dieser Deutsche einen tschechischen Großvater in seiner Familie hat, ahnen sie alle nicht.

Einsame Gipfel, umgeben von dichtem Nadelwald. Vereinzelte Tannen im Vordergrund. Ein ausgetrockneter Bachlauf, Geröll. Ein See. Eine Birke am See. Auch Karl schnürt seine braunen Wanderschuhe und tauscht die Anzughose gegen festen Cord, denn seit ihm der Tod ein Kind genommen hat, zieht es ihn nicht mehr ins Kino, dafür aber an den Sonntagen ebenfalls raus aus der Stadt, raus aus ihrer hitzigen Atmosphäre, die im Streit um Herkunft und Nationalität noch hitziger wird. Auf dem Rücken trägt er einen Rucksack mit Broten, Wasser und einer Fotokamera darin, vor ihm hüpfen Rosa und Almut her, bis Almut irgendwann müde wird und hoch oben auf seinen Schultern sitzen will. Und Martha? Martha bleibt daheim und wieder einmal im Bett, weil sie den Kampf gegen die Schwermut, die nunmehr seit einigen Jahren regelmäßig von ihr Besitz ergreift (vom Hausarzt als chronischer Kopfschmerz diagnostiziert), spätestens am Sonntag verliert. Wie gern würde sie ebenfalls auf die Schultern ihres Mannes klettern und sich hoch oben die Gedanken aus dem Kopf pusten lassen, diese zahlreichen kleinen Nadelstiche hinter ihrer Stirn, und auch das schlechte Gewissen wegpusten lassen, das sie jedes Mal überkommt, wenn sie es nicht schafft, sich aufzuraffen und die Unruhe aus den Gesichtern von Karl und ihrer kleinen Tochter zu vertreiben. Und so folgt auf die Schwermut am Sonntag ein umso größerer Übermut am Montag, Dienstag,

Mittwoch und Donnerstag, mit dem sie ihren Rückzug und die Niederlage wiedergutzumachen versucht. Doch spätestens am Freitagmorgen stellt sich dann erneut die Erschöpfung ein, und dennoch wird sie am Abend mit Karl am Küchentisch sitzen und seine vom Fachgeschäft am Tuchplatz entwickelten Bilder betrachten, den Kopf an seine Schulter gelehnt. Nachdem er sie sorgfältig ins Album geklebt hat, schreibt sie, gerade so, als wäre sie mit dabei gewesen, das jeweilige Datum darunter, fein säuberlich auf einer dünnen Bleistiftlinie. April 1938: Eine hinfällige Baude im Wald, fast vollständig verborgen vom wilden Efeu ringsherum. Mai 1938: Almut und Rosa auf einer weiten Lichtung Hand in Hand. Juni 1938: Über den Bergenspitzen Wolken wie Hüte obendrauf. Juli 1938: Ein Bach und die Mädchen mit nackten Füßen mittendrin. August 1938: Almut und Rosa vor einem Brombeerstrauch, mit dunklen Brombeermündern. Einmal auch ein Bild zu dritt: Rosa, Almut und Karl, von einem anderen Wanderer fotografiert, im Hintergrund Fichten, wie aufgereiht im Spalier. Die Schatten der Bäume ziehen durch die verschiedenen Bilder und plötzlich ist auf einem der schwarz-weißen Fotografien doch auch Martha zu sehen, wie versehentlich hineingeraten. Der Blick fällt auf runde Schultern, darüber ein langer Hals, das leicht gelockte, dunkle Haar ist hochgesteckt. Eine schmale Kette schimmert auf der Haut. Das ist deine Großmutter, wird Almut Jahrzehnte später ihrer Tochter Elli erklären. Unterhalb der Kette sind zwei dunkle Leberflecke zu erkennen, ein weiterer Leberfleck befindet sich im oberen Teil des Halses auf Höhe des linken Ohrs. Das tiefe Grübchen über dem rechten Mundwinkel. Sie lacht dem Mann mit der Kamera zu. Der schwarzweißgraue Himmel über den Baumspitzen wirkt vor diesem Lachen weit und blau, ein kräftiges, fast türkises Blau, so stellt es sich die Enkelin später vor, wie auf alten Fotopostkarten.

Von dem Ergebnis des Münchner Abkommens erfahren Karl und Martha nicht aus der Zeitung, es genügt ein Blick auf das Schaufenster der gegenüberliegenden Metzgerei. Mit weißer Farbe steht da in Druckbuchstaben geschrieben: *Willkommen Deutsche im deutschen Reich.* Karl fasst nach Marthas Hand, die ihm kalt wie ein Fisch wieder entgleitet. Nur wenige Stunden später, am frühen Abend des 1. Oktober 1938, flüchten Ida, Rosa und Hans sowie Idas Brüder Georg und Franz ins Landesinnere nach Prag. Idas Eltern beschließen zu bleiben, und auch Martha und Karl beobachten unschlüssig den Einzug der deutschen Truppen in Reichenberg, warten ab, harren aus, wo sollen sie auch hin, Almut wurde doch eben erst eingeschult. Das Zusammensetzen der Buchstaben hat Almut längst von Rosa gelernt, die nun von einem Tag auf den anderen spurlos verschwunden scheint, und als Almut nach der Schule zu Rosas Großeltern läuft, schickt sie Anna Brückner noch an der Tür weiter nach Haus. Ihr Mann liegt auf dem Sofa, die linke Gesichtshälfte ist blau. Die Wohnung von der Gestapo durchsucht, die Wäsche aus dem Schrank und die Bücher aus dem Regal auf dem Boden verteilt. Bleib eine Weile fern und sag auch den Eltern Bescheid. Die sechsjährige Almut schluckt die Tränen herunter und nimmt die Beine in die Hand, das schnelle Auffassen von Informationen hat sie ebenfalls von Rosa gelernt. Das Zusammensetzen der Zahlen lernt sie in den nächsten Monaten von ihrem Klassenlehrer, der seinen schäbigen Mantel manchmal wie versehentlich über das neue Führerbild im Klassenzimmer hängt. *Die Mutter kauft eine Flasche Milch für 8 Reichspfennige und eine Rolle Pfefferminz dazu, die kostet so viel, wie du Finger hast an deiner rechten Hand. Was macht das zusammen?* Im März 1939, nach der Besetzung des restlichen Landes durch die deutschen Truppen, kehren Ida und Rosa erschöpft nach Reichenberg zurück. Idas Mann Hans und ihr Bruder Franz wurden noch in Prag verhaftet und nach Deutschland, wie es heißt zur Umerziehung, verschleppt, in ein Lager nach Dachau, mehr weiß Ida noch nicht. Georg ist auf der Flucht, über Polen in die Sowjetunion will er es schaffen. Ida steht unter Aufsicht und muss sich täglich, später wöchentlich, bei der Polizei melden, an Arbeit ist nicht zu denken. Die Schuhmacherei ist inzwischen aufgelöst, das Beste wird sein, mit Rosa in die Wohnung der Eltern zu ziehen. Willi verkauft sein Motorrad und zählt seiner Nichte eines Abends das Geld in die Hand.

Almuts Klassenlehrer kehrt aus den nächsten Sommerferien nicht mehr zurück. Mit Beginn des Schuljahres 1939/40, das zugleich der Beginn des Krieges ist, fährt an seiner Stelle der neue Lehrer Rudolf Effenberger, aus Sachsen herberufen, ganz andere Geschütze auf.

Aus einer Spielzeugschachtel: Gerhard hat 24 Soldaten, dazu 17 SS-Männer, 10 SA-Männer auf Krafträdern und 9 Arbeitsdienstmänner. Er stellt alle in Reihen zu dreien auf. Wie viel Reihen sind es im Ganzen? Zu Beginn des dritten Schuljahres wird die Zusammensetzung von Wörtern an sprechenden Beispielen der neuen Zeit geübt: *Braun-hemd, Vater-land, Wehr-macht, Arbeits-dienst, Gau-leiter, Hitler-Jugend, Reichs-kanzler*, verbunden mit einer Einführung in das Sprachgut aus germanischer Zeit. Auch Familiennamen haben offene Fenster, also schaut genau in sie hinein! Und nun schreiben alle von der Tafel ab: *Adolf Hitler ist unser Führer. Er ist der Reichkanzler und Oberster Befehlshaber der Wehrmacht. Er sorgt für Arbeitsbeschaffung und Volksgesundung. Staatsfeinde und Volksverräter bekämpft er. Er ist der größte Freiheitskämpfer des deutschen Volkes, riesengroß ist seine Arbeitslast.*

Im heimatkundlichen Anschauungsunterricht dienen farbige Bilder von Festen und Bräuchen sowie Heldenlieder und alte Legenden der Vermittlung von Stolz auf Heimat, Sippe und Stamm. In Naturkunde lernen sie den neuen, alten Ablauf der Welt in Form eines einfachen Gedichts: *Da kam ein Bär gegangen, der nahm den Wolf gefangen, der Wolf den Fuchs, der Fuchs den Hund, der Hund die Katz, die Katz die Ratt, die Ratt die Maus, und die Geschicht' ist aus.* Wie lang der Kopf ein solches Gedicht behalten kann! Und auch vom Walde singen unsere Dichter. Thema einer Hausarbeit Ende des vierten Schuljahres: *Warum unsere Nadelhölzer so treffliche Nutzbäume sind!* Alles Wissen müsse fest ineinandergreifen, schreibt der Lehrer Effenberger in einem Aufsatz für das deutsche Schulamtsblatt, denn nur so könne gewährleistet werden, dass die einzelnen Fächer im Sinne der nationalsozialistischen Erziehung ein großes Ganzes bilden. Für die Mädchen sei darüber hinaus eine enge Bindung zur Nadelarbeit herzustellen.

Effenbergers Sohn wird im Frühjahr 1941 eingezogen und auch Hans, der im Gegensatz zu Idas Bruder Franz aus dem Lager in Dachau zurückgekommen ist, wird, kaum dass sich Ida an den ausgemergelten Zustand ihres Mannes gewöhnen kann, an die Front geschickt. Mit der Waffe in der Hand soll er gegen die russischen Genossen kämpfen, welch ein Irrwitz, welche Verzweiflung! Die ganze Welt steht kopf! Natürlich wird er alles versuchen, um überzulaufen, die Seiten zu wechseln, Zuflucht zu finden. Karl wiederum hat längst seine Anstellung im Staatsdienst verloren, wird aber als gebürtiger Tscheche zumindest nicht eingezogen. Martha verdingt sich regelmäßig als Haushaltshilfe bei der Ehefrau ihres Hausarztes, die ihr den Dienst mit einem Hungerlohn und einer Portion Herablassung bezahlt.

Vorwärts den Schritt und vorwärts den Blick, für uns gibt's nimmermehr ein Zurück, singt die 5. Klasse zur Eröffnungsfeier des Schuljahres 1942/43 geschlossen im Chor und Almuts Augen heften sich fest an Rosas Blick, die am anderen Ende der Schulaula sitzt. Nicht offen reden, nicht auffallen, ruhig sein, sich seinen Teil denken, sich gegen den Strich bürsten, nicht zu viel erzählen, am besten gar nichts erzählen, wenn eine Mitschülerin morgens auf dem Schulhof scheinheilig fragt: Und, habt ihr gestern auch BBC London gehört? Am Ende des Liedes zwinkert ihr Rosa kaum merklich zu. Immer darauf achten, mit wem man spricht, am besten ausschließlich mit Rosa und dem Vater sprechen, auch nicht mit der eigenen Mutter sprechen, die wegen ihrer Stimmungen keinesfalls zu belasten und schon gar nicht ins Vertrauen zu ziehen ist. Auch Rosa spricht kaum noch mit ihrer Mutter, die ihrerseits wiederum das Kind nicht belasten und ins Vertrauen ziehen will.

Wie unterschiedlich Schmerz im Körper eines Menschen wüten kann. Idas Körper strafft sich, reißt sich zusammen, gespannt wie ein Bogen nimmt er die Verluste in Empfang. Konzentrationslager Dachau: Abgang durch Tod! Häftling Franz Brückner, geboren am 7.9.1911 zu Reichenberg, ledig, keine Kinder, von Beruf Hilfsarbeiter, gestorben am 14.11.1942 an Herz- und Kreislaufversagen bei Darmkatarrh. Den Bruder verlieren, aber nicht noch den Kopf verlieren! Zur Vorlage bei den Behörden: Hans Erwin Steiner, geboren am 13.6.1905 in Reichenberg, ist am 30.12.1943 bei den Kämpfen um Stalingrad auf dem Felde der Ehre gefallen. Den Ehemann verlieren, aber nicht noch das Herz an die Verzweiflung verlieren! Ein schlichter grauer Stein auf dem Friedhof: In Liebe und Gedenken, Paul Gustav Brückner, 9.8.1876 – 6.4.1944. Den Vater an die Zeit oder das Alter verlieren, aber nicht noch sich selbst verlieren. Vom Bruder Georg keine Nachricht, der Onkel wegen homosexueller Umtriebe derzeit in Untersuchungshaft. Wegen homosexueller Umtriebe in dieser Zeit! Zum ersten Mal empfindet Ida ihrem Onkel gegenüber etwas wie Abscheu, und dennoch schickt sie Rosa und Almut los, den Kanarienvogel aus seiner Wohnung zu holen. Was hat sie sich dabei gedacht? Ausgerechnet die Kinder loszuschicken, vielleicht wird die Wohnung von der Gestapo überwacht? Ida lässt Karl an der Tür stehen und kehrt an den Bottich mit der eingeweichten Wäsche zurück, *reg dich nicht auf, den Kindern ist doch nichts passiert*. Beide wohlauf zurückgekehrt mit einem goldenen Käfig in der Hand. Oder hatte er eher Angst um sich selbst? Fassungslos mustert Karl Idas gleichmütiges und, wie ihm scheint, zugleich kaltes Gesicht und gibt den Kindern zuliebe Ruh. Und Ida schnürt, nachdem die Wäsche ausgewrungen und aufgehängt ist, einmal mehr ihre Schuh. Doch auch die Genossen im Wald verhalten sich wie eine aufgeregte Vogelschar, schreien durcheinander, unken herum, oder mahnen verzagt zur äußersten Vorsicht. Auch sie kommen ihr immer wieder mit den Kindern: Rosa, Ilse, Werner und wie sie alle heißen, vielleicht sollte man der Tarnung wegen doch noch einer der verhassten Organisationen beitreten? *Der Krieg ist verloren und eure Opfer vergeblich!* Ida schiebt sich wortlos die neuen Flugblätter vorn und hinten in die Unterhose und erstickt auf dem Heimweg in sich den Keim einer ohnmächtigen Wut. Wer schon so viel verloren hat wie sie, kann doch nicht auch noch seine Würde hergeben.

Und dann, nur wenige Monate später, kommen plötzlich die ersten Flüchtlingskolonnen in die Stadt, überwiegend Familien aus schlesischen Dörfern und Kleinstädten, danach kommen die von der Ostfront rückflutenden deutschen Truppen, und nach ihnen kommen die Transporte voll mit Kriegsgefangenen und Fremdarbeitern, und schließlich ziehen am Vormittag des 9. Mai 1945 die Truppen der russischen Armee in Reichenberg ein, gefolgt von russischen Fliegern, die gegen Mittag die Stadt bombardieren. Nach den Fliegern kommen die tschechischen Revolutionsgarden. In jenen ersten Tagen und Wochen, da überall in der Stadt weiße Betttücher aus den Fenstern der oberen Stockwerke hängen und weiße Fahnen der Kapitulation auf den Dächern wehen, während unten auf der Straße die Vergeltung tobt, und Geschäfte und Wohnungen geplündert werden, müssen auch Ida, ihre Mutter und Rosa weiße Armbinden tragen, die sie als Deutsche ausweisen. Almut hastet als Tochter eines Tschechen ohne Armbinde an der Hand ihres Vaters durch die Straßen, die menschenleer und totenstill scheinen, nur schnell bis zum tschechischen Lebensmittelhändler zwei Ecken weiter, der ihnen wohlgesonnen ist, und das, was sie und Karl bekommen, wird zwischen ihnen und Rosas Familie aufgeteilt. Ida versucht derweil ihren Status als Kommunistin und Antifaschistin offiziell legitimieren zu lassen und wird vor einem Komitee aus tschechischen Genossen zunächst wie eine deutsche Faschistin behandelt. Die deutschen Genossen stellen sich schließlich selbst Ausweise über ihre politische Gesinnung aus, die ihnen aber von den Wachleuten mit Spott und unter Misshandlungen wieder abgenommen werden. Als der männliche Teil der deutschen Bevölkerung zwischen 18 und 50 Jahren in Arbeitskolonnen zusammengefasst wird, macht es abermals große Mühe, die Kommunisten aus den Reihen wieder herauszubekommen.

Und dann, als laut Verordnung sämtliche Ausländer, zuallererst reichsdeutsche Staatsbürger, die nach 1938 zugezogen sind, mit 30 kg Gepäck pro Person zu Fuß des Landes verwiesen werden, als die ersten Gerüchte auftauchen, dass binnen kurzer Zeit auch alle anderen Deutschen das nunmehr tschechische Staatsgebiet zu verlassen haben, während zugleich die tschechische Bevölkerung im Landesinnern aufgefordert wird, die Grenzgebiete zu besiedeln, um die Betriebe, Gewerbe und Wohnungen der Deutschen zu übernehmen, in dieser Zeit der unmittelbaren Nachkriegszeit, die nicht mehr Krieg und noch nicht Frieden ist, trifft den gerade mal 46-jährigen Karl Horák der Schlag. Ohne großes Aufsehen. Mitten in der Nacht. Es beginnt mit einem starken Kopfschmerz, der ihn auf dem Weg in die Küche taumeln lässt, plötzlich sieht er zwei verschwommene Monde am Himmel und fühlt eine ausgetrocknete, taube Zunge im Mund, doch der Wasserhahn erscheint ihm unerreichbar fern, der Boden so nah. Sonnenlicht wärmt seinen leblosen Körper, als Martha morgens schmerzmittelverschlafen die Küche betritt. Schweiß treibt ihr beim Anblick ihres Mannes aus den Poren und Tränen rollen über das angstverzerrte

Gesicht. Ihr hohes Wimmern treibt nun auch Almut aus dem Bett und schließlich wie betäubt aus dem Haus. Es ist ein fast kindliches Wimmern, das Marthas Inneres bis in den letzten Winkel ausfüllt und zugleich aus ihr hervorquillt, das sie umschließt und abschottet wie eine schützende Hülle aus Tönen, als Almut endlich mit Ida und einem Doktor zurückkehrt.

Zusammen wären sie vielleicht überall hingegangen, Wälder und Berge gibt es auch anderswo. Zusammen hätten sie vielleicht sogar in Reichenberg bleiben können. Stattdessen hält Martha Horák Anfang Juli 1945 ein Papier in den Händen, das ihr den Tod jenes Menschen bescheinigt, ohne den sie nicht leben und schon gar nicht, wie es ihr in einem weiteren Schreiben nahegelegt wird, woanders hingehen will. Ohne den sie noch nicht einmal mehr das Bett oder gar das Haus verlassen will. Während Tausende Menschen mit Koffern und Rucksäcken aus der Stadt ziehen müssen, die im Licht der begrünten Bäume immer am schönsten ist, sitzen Almut und Rosa an einem Bett, in den Händen das Brot, das Almuts Mutter nicht essen will. Im Bauch wütet die Angst, hockt verängstigt die Wut. Keine Angst, flüstert Rosa in Almuts Haar hinein, als diese sich in die Waschschüssel übergeben muss, und streicht ihr über den flatternden Rücken. Keine Angst, flüstern ihre Hände, deine Mutter braucht nur etwas Zeit. Almut verbirgt das Gesicht an Rosas Schulter, atmet flach in die warme Haut. Atmet nach einer Weile etwas ruhiger. Doch die Angst lässt sich nicht beruhigen. Sie wächst aus den

Tiefen der Eingeweide in alle Glieder hinein, würgt ihr schon wieder im Hals. In den Nächten wacht Almut am Bett der Mutter über deren Schlaf. Wenn ihr die Augen zufallen wollen, liest sie in den Tagebüchern der Mutter, die diese wie Wärmflaschen überall im Bett verteilt hat. Sie erfährt von dem Bruder, den sie im Lesen plötzlich vermisst. Sie liest von der Stadt, die ihre Mutter vermisst. Und dann fallen ihr doch die Augen zu.

Nach einer dieser Nächte hängt die Mutter morgens in der Küche am Strick. Almut fühlt ein Kribbeln auf der Haut, als die Angst aus ihrem Körper fährt, ihren angespannten Körper fahren lässt. Wie leicht er sich in diesem Moment anfühlt, so leicht, dass sie sich nicht mehr aufrecht halten kann und im Fallen sieht sie die geputzten Schuhe der Mutter, selbst die abgelaufenen Sohlen scheinen gebürstet und abgewischt, sie schweben nur wenige Zentimeter über dem Boden, dem hellbraunen, warmen Holzboden mit den wurmstichigen und sonnengefleckten Stellen darin, der Almut aufnimmt, sich ihrem fallenden Körper entgegenstemmt.

Karl und Martha Horák vereinen sich im gemeinsamen Grab, links liegt der Vater, beerdigt im schwarzen Anzug, rechts liegt die Mutter, beerdigt in ihrem Hochzeitskleid, das Hochzeitsfoto unter den gekreuzten Händen. So wird Almut ihrer Tochter das Gewesene eines Tages weitererzählen, in Form eines knappen Berichts und ohne die schmerzhafte Frage dazu, ob das Kind, das sie damals noch war, nicht Grund und

Verpflichtung genug gewesen wäre, unter allen Umständen weiterzuleben.

Nun ist es an Ida Steiner, das Kind an die Hand zu nehmen, es bei sich aufzunehmen, als die Wohnung der Horáks samt Inventar und Kleidung kurzerhand versiegelt und beschlagnahmt wird. Aber wird sie das Kind auch mit nach Deutschland nehmen? Die weiße Armbinde ist Ida endlich losgeworden, aber zugleich steht nun fest, dass auch sie und all die anderen deutschen Genossen Reichenberg in absehbarer Zeit verlassen müssen. Ida fühlt eine Verpflichtung Karl gegenüber, der ihr doch regelmäßig mit Geld oder Lebensmitteln ausgeholfen hat, der sich auch immer wieder um Rosa gekümmert hat, nicht nur aus Selbstlosigkeit, das muss man schon sagen, eher hat er sich mithilfe der Kinder und den gemeinsamen Ausflügen zurückgezogen von seiner Frau. Aber wer will ihm das schon verdenken? Martha gegenüber fühlt sie sich weniger verpflichtet, deren Stimmungsschwankungen waren ihr eher unangenehm, und haben sie über die Jahre sogar wütend gemacht. Wie kann man nur derart um sich selbst kreisen?

Aber warum tut sie es denn nicht einfach für Almut? Nun ist es an Rosa, sich zu empören, weil sie das Zögern der Mutter spürt. Was gibt es da überhaupt zu bedenken? Almut und sie sind doch wie Schwestern, zwar nicht vom selben Fleisch und Blut, aber in ihren Herzen verwandt, und so schwört Rosa der Mutter mit einer gehörigen Portion Wut im Bauch: Ohne Almut gehe ich nirgendwohin!

Hörst du? Nirgendwohin! Ida fühlt sich ertappt, denn an die Gefühle ihrer Tochter hat sie bisher nicht gedacht. Und so bemüht sie sich in Folge gegen alle Umstände und Widrigkeiten um Almuts Vormundschaft, schreibt in einer Zeit, da die gesamte Bürokratie neu aufgestellt wird, unzählige Briefe und Berichte, klopft an die Türen von provisorischen Amtszimmern mit ihren provisorisch berufenen Kommissaren, wendet sich an befreundete tschechoslowakische Genossen und deren Kontakte, um erst die notwendigen Schreiben, Empfehlungen und Stempel von höheren Stellen und später dann die entsprechenden Papiere ausgestellt zu bekommen.

– Mutter?
– Verstorben.
– Vater?

Statt einer Antwort öffnet Ida die Handtasche, entnimmt ihr zwei Formulare und reicht sie dem Kommandanten über den Schreibtisch. Er überfliegt sie mit zusammengekniffenen Augen.

– Verstehe. Der Vater Tscheche und die Mutter war Deutsche. Damit ist der Fall doch eigentlich klar. Er schaut der Frau auf der anderen Seite seines Schreibtischs prüfend ins Gesicht.

Ida hält dem Blick stand, ihr Gesicht zeigt keinerlei Regung.

– Das Mädchen hat die deutsche Schule besucht. Sie spricht kaum ein Wort Tschechisch.

– Sie wird es schnell lernen! Auch der Kommandant verzieht keine Miene. Ob sie eine Vorstellung habe, wie viele Genossen hier tagtäglich vorsprechen? Mit der Bitte um die tschechoslowakische Staatsbürgerschaft? Er verweist mit einer flüchtigen Bewegung der Hände auf die Aktenstapel links und rechts von ihm. Diese Leute wollen alle hierbleiben. Also warum wollen sie das Mädchen unbedingt mitnehmen? Sie hat die Möglichkeit, tschechoslowakische Staatsbürgerin zu werden!

Ida Steiner schüttelt den Kopf, einen Moment lang blitzt etwas wie Zorn in ihren Augen auf.

– Wenn wir alle weggehen müssen, gibt es doch keinen Grund mehr für sie zu bleiben! Warum das Kind also festhalten? Wir wurden aufgefordert zu gehen und wir haben verstanden, dass unser Platz nicht länger im Staate des tschechischen Volkes sein kann. Sie verschränkt die Arme fest über der Brust, als würde sie frieren. Groß ist die Schuld, die auf dem deutschen Volk lastet und groß ist die Verantwortung, die damit einhergeht. Wir werden gebraucht, wir verlassen dieses Land, um ein neues demokratisches Deutschland aufzubauen. Ihre Augen streifen die Akten auf dem Schreibtisch. Wir werden gebraucht, wiederholt sie.

Wochenlang bleibt die Entscheidung aus, in Aussicht gestellte Anordnungen werden zurückgenommen, Fristen verstreichen, die Zeit wird knapp, selbst für Ida Steiner, die inzwischen eine durch die Behörden und mehrere Bürgschaften beglaubigte Antifaschistin ist. Als Kind eines tschechischen Vaters darf Almut das Land nicht verlassen, als Kind einer deutschen Mutter darf sie laut einem anderen Schreiben nicht bleiben.

Als noch minderjähriges Kind verstorbener Eltern gehört sie ins Waisenhaus. Schließlich wird sie kurz nach ihrem vierzehnten Geburtstag als Mündel einer Kommunistin einen rot beflaggten Zug besteigen, der sie von Reichenberg aus über die Grenze und zugleich weg von den Gräbern und Geschichten ihrer Eltern bringt.

Doch zuvor packt die als Antifaschistin bevollmächtigte und im letzten Moment durch eine Bestallungsurkunde als Vormund bestätigte Ida Steiner dem Mädchen noch einen Koffer voll, unter den argwöhnischen Augen des tschechischen Ehepaars, das den Zuschlag für die enteignete Wohnung bekommen hat und in einem Anflug von Angst, Verständnis oder Scham diese energische Frau in den bereits in Besitz genommenen Sachen der Deutschen das Nötigste zusammensuchen lässt: Unterwäsche und Strümpfe, Kleider, Pullover und Blusen, warme Stiefel für den Winter und ein zweites Paar fester Schuhe, ein Mantel, Mütze, Schal und Handschuhe, ein Bettlaken und Handtücher, was braucht es noch? Bücher gibt es überall, stattdessen wird das Federbett zu einem Bündel verschnürt. Das Konto der Horáks wurde beschlagnahmt, auch Schmucksachen sind längst nicht mehr da. Der Friedhofswärter ließ es sich teuer bezahlen, eine Deutsche in nunmehr tschechischer Erde zu bestatten, zudem eine Selbstmörderin, das kostet so einiges an Ketten und Ringen und anderem Tand.

Auf der Straße vor dem Haus kommt Ida plötzlich ein Gedanke, und so kehrt sie samt Koffer und Federbett wieder um, steigt die Treppen hinauf und klopft erneut an die Tür, denn etwas mehr als eine Erinnerung sollte das Kind von seinen Eltern schon haben. Die Frau reicht ihr das erstbeste Album aus den Sachen, die bereits für die Entsorgung bestimmt sind, auf dem weinroten Einband ist die Jahreszahl 1938 notiert. Und so kommt es, dass Almut Horák unzählige Aufnahmen von sich und Rosa vor den Bergen, Flüssen und Wäldern ihrer Kindheit besitzt – aber nur ein einziges Foto von ihren Eltern. Und so kommt es, dass im Herbst 1946 eine neue Zeitrechnung beginnt, äußerlich wird alles auf Anfang gestellt, als wäre Almut die erste Generation, Adam und Eva zugleich, ein losgelöstes Glied aus einer verloren gegangenen Kette von Ahnen und Vorfahren. Schon während Almut mit Ida, Rosa und Idas Mutter Anna die Tschechoslowakei in Richtung Deutschland verlässt, wird eine neue, andere Geschichte geschrieben. Kurze Zeit später wird sie auch dokumentiert und in Fotoalben aufbewahrt – und vor dem gibt es nichts mehr als Landschaften, verblasste Gesichter und vage Geschichten.

Das Herz nicht an Dinge, Orte oder Gewohnheiten hängen, das ist der Trick. Gerade die Gewohnheiten hadern mit der Bewegung im Raum. Das Vertraute nicht hergeben wollen. Unbeweglich, vielleicht sogar behäbig sein. In den ersten Wochen und Monaten nach dem Ankommen in Deutschland beißt Almut im Schlaf die Zähne zusammen. Und am nächsten Morgen schmerzt ihr das Zahnfleisch.

4 PIRNA

1933 33 656 Einwohner
1946 37 626 Einwohner
1989 43 486 Einwohner
2014 38 909 Einwohner

Hochwasserjahre (Auswahl):
785, 962, 1009, 1059 (zweite Sintflut), 1118, 1162, 1196, 1272, 1275, 1318, 1342 (Magdalenenhochwasser), 1400, 1413, 1427 1432, 1501, 1510, 1651, 1655, 1785, 1845 (Sächsische Sintflut), 1874, 1890, 1897, 1900, 1920, 1927, 1957, 1958, 2002 (Jahrhundert- oder Jahrtausendflut), 2006, 2013

Im Traum läuft Kristine Elli hinterher, die durch unbekannte, menschenleere Straßen eilt, und sie läuft ihr nach, ohne eine Orientierung zu haben, ihr ist, als hätte sie Elli noch etwas Wichtiges zu sagen, was genau, wird ihr wieder einfallen, wenn sie endlich vor ihr steht, nur scheint der Abstand zwischen ihr und Elli immer gleich zu bleiben, verringert sich nicht, wie sehr sie sich auch bemüht, im Laufen schneller zu werden, Elli einzuholen, die nun noch dazu in ihr Auto steigt, ein alter roter Renault, der plötzlich am Straßenrand steht, und so steigt Kristine ebenfalls in eines der parkenden Autos neben ihr, das sich auf traumhafte Weise sogleich starten lässt, ohne Schlüssel und Papiere fährt sie damit los, erst durch eine schäbige Unterführung, dann eine Weile neben alten, zugewachsenen Bahngleisen entlang, und diese Bahngleise erinnern sie plötzlich an ihr altes Zuhause in Pirna, an das Zuhause ihrer Kindheit, das sie doch längst verlassen hat, und während sie noch darüber nachdenkt, wie sie in diese vertraute Umgebung geraten ist, auf diesen einst gepflasterten und inzwischen asphaltierten Weg, stellt sie mit Erschrecken fest, dass sie Elli anscheinend verloren hat, wo ist sie denn hin?, also wendet sie, dreht wieder um, soll sie an der nächsten Kreuzung nach rechts oder nach links abbiegen, sie weiß es nicht und verliert in ihrer Unentschlossenheit doch nur wertvolle Zeit, schließlich fährt sie einfach weiter geradeaus und in dem Moment, wo sie die Kreuzung und die Straße ihrer Kindheit hinter sich gelassen hat, taucht Elli plötzlich wieder auf, steht ihr altes, rotes Auto nur wenige Meter von ihr entfernt am Straßenrand und scheint auf sie zu warten, jetzt hupt ihr Elli sogar aufmunternd zu, und in diesem Moment erst fällt Kristine auf, dass auch ihr Auto, jenes Auto, das sie zufällig aus einer Reihe parkender Autos gewählt hat, rot lackiert ist, in dem gleichen weinroten Ton wie der Renault von Elli, was für ein Zufall, denkt sie im Traum, und welch ein Glück, denn auf diese Weise können sie sich ja gar nicht verlieren.

Im Aufwachen entdeckt Kristine das rote Auto unter ihrem Kissen, ein hölzernes Gefährt mit einer Gummihupe auf dem Dach, es gibt ein Quietschenten-Geräusch von sich, wenn man die Hupe mit dem Daumen eindrückt. Eigentlich ein Babyspielzeug aus dem ersten oder zweiten Jahr, aber ihre Tochter Ada hat es nach wie vor gern, auch wenn sie selten damit spielt, es vielmehr mit sich herumträgt wie einen Glücksbringer.

Ada ist ein aufgewecktes Kind, und doch auch zurückhaltend im ersten Moment. Ein Kind, das sich jedes Mal, wenn es vom Vater zurück ist, überall umschauen muss, vor allem das Kinderzimmer genau untersucht: Ist alles noch da, steht alles an seinem Platz? Bei Jakob, dem Vater, ist es ebenso. Ein Kind, das sie beide gleichermaßen vermisst und sich im ersten Moment der Wiederbegegnung nicht umarmen lässt, als sei es böse auf den jeweils fehlenden Elternteil oder als habe es sich innerhalb von wenigen Tagen entwöhnt. Und je selbstverständlicher Kristine die ausgebliebene Umarmung und Distanz des Kindes nimmt, je unbesorgter sie derweil in der Küche das Abendbrot zubereitet, und anstatt Fragen zu stellen lieber von sich erzählt, desto näher rückt das Kind an sie heran, bis zu dem Moment, in dem es sich der Mutter endlich in die Arme wirft.

Und je länger sie und Jakob bei der Übergabe in der Tür stehen bleiben, Taschen und Informationen und mitunter auch ein paar freundliche Worte austauschen, desto größer wird die Hoffnung, dass der Vater schließlich doch noch hereingebeten und bleiben wird.

Nach dem Frühstück trägt Kristine das Holzauto in das Kinderzimmer, stellt es auf den Hocker neben Adas Bett, auf dem auch das kleine Nachtlicht steht. Dein runder, gelber Mond. Noch einen Tag und eine Nacht, morgen ist sie also wieder bei dir, fragt Kristines Mutter später am Telefon. Wie so oft ruft sie mitten am Tag und damit auch mitten in der Arbeit an, aber Kristine ist ja selbst schuld, warum geht sie auch ans Telefon.

– Und was machst du heute noch?

Kristine legt die Brille neben den Rechner auf den Tisch und fährt sich kurz über die Augen, sie versucht, einen geduldigen Tonfall anzuschlagen, und nicht weiter parallel an der Stückfassung zu arbeiten. Den Schluss will sie heute noch fertigbekommen, und am späten Nachmittag wird sie, wie verabredet, für ein oder zwei Stündchen bei Almut vorbeischauen. Vielleicht gehen sie zusammen ein Eis essen, es ist ja so schön draußen. Und wann kommst du mal wieder zu uns?, entfährt es der Mutter in diesem Moment und Kristine registriert den Vorwurf (oder ist es Eifersucht?) in ihrer Stimme. Über die Ostertage hat sie es dann doch nicht geschafft, mit Ada zu den Eltern nach Pirna zu fahren, in letzter Minute kam noch ein Auftrag dazwischen, die Besprechung einer Premiere fürs Radio, also sind die Eltern stattdessen nach Berlin gekommen. Schon bald, antwortet Kristine besänftigend, vielleicht in drei oder vier Wochen mit Ada zusammen, die doch regelmäßig nach den Großeltern fragt, und auch sie selbst, versichert sie der Mutter zum Abschied, freue sich auf ein Wiedersehen.

Dabei war ihre Begegnung zu Ostern nicht einfach, letztlich ist es immer das gleiche Thema, um das sie kreisen, sind es die gleichen Ängste und Sorgen der Eltern, die doch eigentlich stolz auf die studierte Tochter sind und zugleich sind sie enttäuscht, weil sich das Studium nun schon seit Jahren nicht in einer entsprechenden Anstellung auszahlen will. Dabei wirst du nicht jünger, noch dazu kannst du krank werden, die Aufträge können weniger werden. Die Eltern sehen ja nur zu gut, dass das Einkommen ihrer Tochter vielleicht im Hier und Jetzt genügen mag, aber keinesfalls für Rücklagen oder eine Absicherung im Alter reichen kann, noch dazu, wo sie inzwischen alleine ist. Seit wann bin ich allein, fragt Kristine nach und heizt die Sorge der Eltern nur noch an mit ihrer Frage. Denk doch wenigstens an die Zukunft von Ada, rufen sie ihr ins Ohr, denn wenn das so weitergeht, wird ihre Enkelin eines Tages wieder bei null anfangen müssen, wie sie selbst in ihrer Lehrlingszeit mit 16 Jahren, dann wird Ada kein sicheres Hinterland für ihre Entscheidungen haben, wie sie es für Kristine gewesen sind. Sie waren sich so sicher, dass ihrer Tochter mit einem Studium nichts geschehen kann, das ist doch das Ziel gewesen, dass ihrem Kind nicht passieren kann, was ihnen selbst beinahe passiert ist, was so vielen anderen hier nach der Wende passiert ist, als die Arbeit von einem auf den anderen Tag keine Pflicht und kein Recht mehr war, sondern plötzlich ein Glück.

Schule, Ausbildung, danach gleich die Anstellung in der Verwaltung, so war es bei ihnen. Mit ihren Sachbearbeiter-Stellen schaffen sie es sogar über die Wendezeit, während rings herum die gesamte Region ganz ohne Hochwasser baden geht, als das Kunstseidenwerk, das Strömungsmaschinenwerk, das Zellstoffwerk und viele andere Betriebe abgewickelt werden und schließen müssen. Unrentabel, was für ein Wort. Und was für ein Glück, seufzen die Eltern noch heute, die meisten hat es schwer getroffen. Und sie selbst wie von Zauberhand verschont, im Grunde nur Zufall, so scheint es ihnen, es hätte auch ganz anders kommen können. Sie werden herabgestuft, können aber die Arbeit behalten. Kein Berufswechsel in den ganzen Jahren, kein Arbeitsplatzwechsel und damit einhergehende Ortswechsel, kein Pendeln von Montags bis Freitags und am Wochenende geht es wieder nach Hause, kein Herumsitzen in den Wartezimmern des Arbeitsamtes. Stattdessen ein gleichmäßiges, ausdauerndes Ausschreiten und Voranschreiten, ohne Sprints und ohne Pausen. Ohne Umkehr und ohne Umwege. Dann die Altersteilzeit. Da ist die Reihenhaushälfte – hochwassersicher in einiger Entfernung zum Fluss wie auch zur Pirnaer Altstadt gebaut – fast abbezahlt. Und doch sitzt die Angst in ihnen fest, lässt sie nicht los. Da ist Kristine, deren Vorstellung vom Leben schon damals, als sie sich noch um die Kreditraten ihres Hauses sorgen, mit den ihren wenig gemein hat, längst aus- und nach Berlin gezogen. Da ahnen die Eltern bereits: Dieses Kind wird ihre Wunde sein, wird sie schmerzen mit ihrer geisteswissenschaftlichen Studienwahl (Warum denn nicht einfach Jura oder Medizin?), mit ihrer Freiberuflichkeit, und nun kommt auch noch die Trennung dazu. Ganze Nächte liegen sie wach, während die Kinder ihrer Bekannten, von denen es die meisten doch so schwer getroffen hatte, inzwischen einigermaßen abgesichert sind, angestellt sind oder wenigstens verheiratet, in normalen Verhältnissen leben, wenn auch längst nicht mehr in der Nähe der Eltern, weil sie der Arbeit hinterhergezogen sind. Haben sie etwas falsch gemacht? Sie spüren, wie sich die Tochter vor ihren Sorgen zurückzieht. Dabei versteht Kristine diese Sorgen durchaus und will sie zugleich von sich fernhalten, weil sie ihr die Zuversicht und Kraft nehmen, die sie für ihre Art von Leben braucht. Gerade die Zuversicht musste sie sich erst erkämpfen, sich in den Jahren nach ihrem Wegzug aus Pirna mit Ellis Hilfe regelrecht beibringen, diese Vokabel, dass es schon immer irgendwie weitergehen wird. Sehen können, was alles möglich ist, anstatt immerzu daran zu denken, was es alles zu verlieren gibt. Nein, sagen die Eltern und schütteln den Kopf, Freunde von ihnen haben sich mit eben dieser Haltung nach der Wende selbstständig gemacht, und was für eine Fehlentscheidung war das, alles verloren haben sie dabei, Geld, Nerven und ihre Gesundheit. Kristine dagegen könnte mit ihrem Studium längst eine Festanstellung haben, ein gutes und vor allem festes Einkommen, vielleicht sogar ein Haus, sie könnte abgesichert sein.

Und so sind sie wieder beim Anfang, ihr mit euren Ängsten, seufzt Kristine zum Abschied, als sie die Eltern zum Auto begleitet. Wir sind doch nur realistisch, murmelt die Mutter und schiebt ihre Tasche in den Kofferraum, denn es ist doch eine Tatsache, dass sich die Welt beständig verändert. Da muss man doch was in der Rückhand haben.

Und dann fahren die Eltern heim und ihre Angst bleibt zurück und hängt Kristine tagelang nach. Dann vertraut sie darauf, dass Elli weiß, wie sie sich wieder vertreiben lässt. Sich wieder in den Klang der Zuversicht einhören. Per Skype, Postkarte oder Telefon. Immer noch schreiben sie sich Postkarten, die wie Listen sind, stichpunktartige Aufzählungen von Beobachtungen, aufgeschnappten Sätzen oder Ideen, die ihnen im Alltag oder beim Reisen kommen. Es sind Postkarten mit einem blauen Himmel über wechselnden Stadtansichten, die Kristine überall in der Wohnung und in ihren

Taschen verteilt, deren glatte Oberflächen sie berührt, wenn sie Elli vermisst.

Was würdest du mitnehmen, hatte Elli vor Jahren in dem winzigen Hotelzimmer in Brno gefragt, drei Dinge, sag sie schnell, es ist ein altes Kinderspiel. Stell dir vor, du bist auf einer einsamen Insel, stell dir vor, dein Leben muss in einen Koffer passen. Doch Kristine fielen damals keine Dinge, sondern nur Menschen ein.

5 KIRCHMÖSER

In den Büchern steht nicht geschrieben, wann dieser halbinselartige, von mehreren Havelseen umgebene Ort entstanden ist. Aber die Entstehung der Pulverfabrik ist dokumentiert. Ein Amtsschreiben von 1914 verfügt die Enteignung des bäuerlichen Besitzes zwischen Plaue und dem Dorf Möser. Zwischen Fichtengestrüpp und märkischer Sandwüste werden Feldbahnen und Gleise gelegt, Tausende Männer, Frauen und Kinder aus der Umgebung finden hier Arbeit und ein neues Heim. Gefährliche Arbeit. Als Heim dienen Baracken. Nach dem Ersten Weltkrieg wird die Pulverfabrik als Eisenbahnwerk nutzbar gemacht. Die Baracken weichen Siedlungen, ein Rathaus und ein Postamt, eine neue Schule und eine öffentliche Badeanstalt, ein zweiter Friedhof und ein Sportplatz werden angelegt. Aus der Gemeinde hinaus führen eine Eisenbahnlinie, zwei Brücken und mehrere Pflaumen- und Kirschbaumalleen. Nach dem Zweiten Weltkrieg sind die Brücken gesprengt, und die Bäume tragen keine Früchte mehr. Soldaten der Roten Armee ziehen in die Stadt, gefolgt von Tausenden Flüchtlingen. Wieder errichtet man Baracken, diesmal für ein Flücht-

lingslager. Bestehender Wohnraum wird neu aufgeteilt und eine Schule zum Hilfskrankenhaus umfunktioniert. Auf dem Gelände des Eisenbahnwerkes, das bereits demontiert und in die Ukraine abtransportiert wurde, wird ein Weichen- und Walzwerk errichtet. 1952 zieht in die Unterkünfte des Flüchtlingslagers eine Garnison der Kasernierten Volkspolizei. Die Seen in der Umgebung heißen Plauer See, Wendsee, Möserscher See, Großer Wusterwitzer See und Heiliger See.

Er sitzt an einem alten, wuchtigen Schreibtisch, die Platte ist wurmstichig, die Tür rechter Hand, hinter der das Papier liegt, schließt nicht richtig, man muss ein Stück Pappe dazwischenklemmen, dann geht es. Er umfasst einen Bogen Papier mit Zeigefinger und Daumen und spannt ihn vorsichtig in die Schreibmaschine.

An die Fahnenfabrik, Zwickau Sa.
12. Januar 1947

Hiermit erteile ich Ihnen den Auftrag für die Anfertigung von drei blauen Fahnen für die Freie Deutsche Jugend Kirchmöser/Havel. Ich bitte um schnelle Mitteilung, bis wann die Fahnen geliefert werden können.

Freundschaft!

Die Ränder unter seinen Nägeln sind dunkler als die Buchstaben auf dem Papier. Absatz, Absatz, Absatz, neue Zeile, dann sein Name, Peter Weigel, Gruppenleitung Kirchmöser. In der Kreisleitung in Genthin haben sie neuerdings einen Stempel, ein rundes, veilchenblaues Siegel, Freie Deutsche Jugend, Jerichow II, das macht auf dem Papier gleich was her. Auch das Büro der Kreisleitung macht was her, und er hier abgestellt in dem kleinen, eiskalten Kabuff, in dem es nach faulen Kartoffeln riecht, wie soll man in solch einer Umgebung den Leuten die Sache schmackhaft machen? Also rekrutiert er lieber auf dem Sommer- oder Erntedankfest oder gleich direkt beim Tanz im Seepavillon. 87 Mitglieder bisher, plus zwei kürzlich eingereichte Aufnahmeanträge: Rosa Steiner, 16 Jahre, und Almut Horák, 14 Jahre, noch in Bearbeitung, minus drei, Margot Schindler, Waltraud Taube und Herbert Krömer, 16, 16 und 18 Jahre alt. Hiermit erklären wir unseren Austritt aus der *Freien Deutschen Jugend Kirchmöser*, von der sie (Waltraud Taube) bis jetzt im Grunde noch nichts bemerkt habe, denn weder gab es gemeinsame lustige Heimnachmittage oder Kulturabende noch wurde das auf der Gründungsveranstaltung versprochene Jugendheim eröffnet, wo unsereins (Herbert Krömer) Veranstaltungen vom Stapel laufen lassen könnte. Woran liegt das denn? Genthin habe schließlich längst ein Jugendheim. Und warum, fragt Margot Schindler, die seit Monaten erfolglos auf der Suche nach einer Lehrstelle ist, in ihrem Brief noch hinterher (in krakeliger Handschrift auf kariertem Papier), warum sei es eigentlich nicht möglich, hier in Kirchmöser endlich einen Kindergarten zu eröffnen?

Die Austrittserklärungen werden ohne Antwort weitergeleitet – in einem grauen Briefumschlag, adressiert an die Kreisleitung. Haben die Margots, Waltrauds und Herberts denn keine Augen im Kopf? Sicher, Kinder gäbe es genug in Kirchmöser, 6826 Einwohner zählt der Ort neuerdings, davon allein 2378 Umsiedler, und jeder weiß, es fehlt längst nicht nur an Räumen für den Kindergarten. Die Ostschule ist ein Lazarett, an der Westschule erfolgt in nur sieben kaum beheizten

Klassenzimmern Schichtunterricht, bei Klassenstärken von bis zu 60 Schülern, morgens die erste Schicht bis 12.45 Uhr, eine viertel Stunde Pause, dann ab 13 Uhr die zweite Schicht. Der Raum für ein Jugendheim mit Kultur- und Heimabenden wie auch die Turnhalle werden der FDJ voraussichtlich erst Ende des Jahres zur Verfügung gestellt. Aber wenn in den nächsten Monaten noch ein weiterer Umsiedlertransport eintrifft, wird die Turnhalle auch weiterhin als Liegestätte für die Umsiedler gebraucht, denn vor allem anderen fehlt es hier und überall an Wohnraum, und dann ist eine Nutzung durch die FDJ zu meinem Bedauern (der Lagerleiter des Quarantänelagers Kirchmöser) in absehbarer Zeit nicht möglich.

Also, sagt selbst: Woran liegt das alles? An der Zeit – und an dem, was ihr durch uns angetan worden ist. Und wie soll das anders werden? Mit der Zeit – und durch das, was uns in gemeinsamer Anstrengung künftig gelingen kann. Nicht kleinlicher Egoismus, sondern geschlossener einheitlicher Wille ist der Garant eines besseren Lebens. Durch uns, die Jugend, kommt die Kraft, die nötig ist, um Deutschland neu zu bauen.

So oder so ähnlich könnte eine mögliche Antwort an die Margots, Waltrauds und Herberts von Kirchmöser lauten, wenn der frisch berufene Jugendleiter Peter Weigel denn Zeit dafür hätte, wenn er nicht nur einen Kassierer (Inge) und einen Sportbeauftragen (Helmut) an seiner Seite hätte, wobei sich Letzterer übrigens nur unregelmäßig blicken lässt, sondern auch einen Kulturbeauftragten, der all die möglichen Heimabende und Kulturprogramme vierzehn Tage vorher mit einem Ablaufplan und bei enthaltenen Theaterszenen mit Textbuch zwecks Genehmigung der Kreisjugendleitung vorlegt. Die offizielle Veranstaltungsgenehmigung und eventuell erforderliche Verschiebung der polizeilichen Sperrstunde erfolgt nach Weiterleitung an das Volksbildungsamt und an die Kreiskommandantur. Neues Blatt, erste Zeile, an die Kreisleitung Genthin, zweite Zeile, am Sonnabend, den 22.2.1947, veranstaltet die FDJ Kirchmöser einen kleinen Kulturabend mit anschließendem Tanz ab 19 Uhr im Seepavillon. Wir bitten um Genehmigung!

Was überhaupt alles möglich wäre, müsste er, Peter Weigel, nicht seit Monaten hauptsächlich Rechenschaft ablegen, an die Ortsgruppe der SED (*Bisher haben Sie noch nicht viel veranlasst, um Ihre Organisation mit Leben zu versehen*), an die Kreisleitung selbst (*Es ist uns zu Ohren gekommen, dass die Aufnahme neuer Mitglieder zuweilen direkt auf dem Tanzboden erfolgt, eine solche Handlungsweise kann aber nur das Ansehen der FDJ gefährden und trägt bestimmt nicht dazu bei, die Haltung als demokratische Jugendorganisation zu fördern*). Ganz abgesehen auch von den vielen Berichten (monatlich an die Kreisleitung) und den Stellungnahmen an den Vertreter am Jugendgericht über die Brüder Erich und Egon Probst, geboren 1929 und 1932 in Danzig, inzwischen wohnhaft in Kirchmöser, welche angeklagt werden, am 12. Dezember des vergangenen Jahres gemeinschaftlich aus dem Vorratsraum des Kommandanten der sowjetischen Besatzungstruppen 5 Decken, 30 Pfund Mehl, 1 Eimer Sauerkraut und 10 Pakete Trockengemüse entwendet zu haben. Der Kreisvorstand bittet außerdem um schnellste Prüfung der Lebensverhältnisse des Grubenholzarbeiters Freddy Heise, geboren 1930 in Brandenburg, und des Arbeiters Heinrich Sattler, geboren 1931 in Plaue, die angeklagt sind, auf dem Bahnhof Kirchmöser 60–70 Pfund Zuckerrüben gemeinschaftlich gestohlen zu haben. Und immer noch stehen die Stellungnahme über Franz Stellner, 1933 geboren in Bensdorf, wegen unbefugten Fischens und Vogelfangs und der Bericht über Joseph Rahn, geboren 1931 in Wagnin/Schlesien, aus, welcher sich im Herbst 1946 fortgesetzt handelnd von verschiedenen Feldern insgesamt 150 Pfund Kartoffeln sowie vom Grundstück Finke in Kirchmöser eine Angelrute rechtswidrig angeeignet hat. Welches Strafmaß wird vorgeschlagen und ist angemessen, die Angeklagten erzieherisch zu beeinflussen? Ein Kulturbeauftragter könnte derweil auch die immer wieder aufgeschobenen Gespräche führen, derer es bedürfte, damit auch das Gasthaus Lindenkrug endlich seine Türen für die Freie Deutsche Jugend öffnet, als eine Art Übergangslösung für all die Kulturgruppen, die es geben könnte (Laienspiel, Chor, Schach usw.), wenn es nicht nur lauter Interessen, sondern auch engagierte Interessengruppenleiter gäbe, die der Kultur hier im Ort auf die Beine helfen. Während er, Peter Weigel, die Gruppenleiterlehrgänge besucht (mitzubringen sind: Schlafdecke, Essbesteck, genügend Papier und Schreibzeug), außerdem die Kreiskonferenzen, die Wochenendschulungen, die Ortsausschüsse und Jugendausschüsse, die Kreisarbeitstagungen und jeden Monat am letzten Wochenende die Funktionärsschulung, denn schließlich ist die Freie Deutsche Jugend eine politische Organisation und kein privater Verein.

Darauf ein paar knisternde Züge von der Selbstgedrehten am geöffneten Fenster, den Tabak hat er mit getrockneter Minze gestreckt. Die Rauchwolken ziehen weiß durch die kalte Luft. Jammern hilft nicht, Verzagen noch weniger. Es braucht in diesem gerade angebrochenen neuen Jahr und in dieser gerade angebrochenen neuen Zeit Mitglieder, die auch Verantwortung übernehmen, und er, Peter Weigel, braucht drei strahlend blaue Fahnen, damit auch einer Übergangslösung wie dem Seepavillon oder einem Klassenraum der Westschule oder aber seinem kleinen, feuchten Kabuff der offizielle Rahmen einer öffentlichen Organisation anzusehen ist.

Und auch Ida Steiner braucht den offiziellen Rahmen einer öffentlichen Organisation, damit man ihr endlich ansieht, dass sie keinesfalls eine von diesen gewöhnlichen hungrigen Umsiedlern ist. Sie will nichts gemein haben mit Menschen, die dem Faschismus sehenden oder geschlossenen Auges in die Arme gelaufen sind. Die sich Hände oder Köpfe schmutzig gemacht haben oder beides. Die sich an Leben und Gedanken vergriffen haben, die nun, nachdem der einst so willkommene und bejubelte Krieg verloren ist, auch alles andere verloren haben, Hab und Gut und Land und Leut. Aber noch weniger will sie sich mit jenen Einheimischen hier gemein machen, die die Ankommenden als Flüchtlingspack und Schmarotzer beschimpfen, als Nichtsnutze und Dahergelaufene, weil sie selbst anscheinend nichts oder noch nicht genug verloren haben. In ihren Schränken aus Eichenholz stehen noch die Bücher mit dem schwarzen Hakenkreuz, wie bei dieser Elfriede Riebauer, bei der sie mithilfe eines amtlichen Schreibens untergebracht worden sind. Die Bücher der Riebauer hat sie, Ida Steiner, kurzerhand aus dem Fenster geworfen. Soll sie doch schreien und krakeelen und ihr Los und die amtliche Zuweisung beklagen, soll sie wahlweise nach Gott oder ihrem Mann rufen, der wohl in Kriegsgefangenschaft ist. Die Hälfte der Möbel hat die Riebauer eh schon weggebracht oder wegbringen lassen, wer weiß, wo die Sachen jetzt versteckt sind. Im Zimmer sieht man jedenfalls überall die hellen Flecken an der Wand. Weiße Flecken also für das Flüchtlingspack anstelle von einem Schrank, einem Sofa oder einem Buffet. Wenigstens zieht der Ofen gut, wenn denn Kohle da ist. Auch die Küche darf laut offizieller Zuweisung mitgenutzt werden, und Ida Steiner besteht darauf, auch wenn die Mädchen lieber im Zimmer essen wollen. Man darf diesen Leuten kein Stück nachgeben, erklärt sie Rosa und Almut, denn wozu soll eine neue Zeit gut sein, wenn Faschisten und Leuteschinder wie die Riebauer immer noch das Sagen haben. Also essen sie das trockene Graubrot am deutschen Küchentisch, und wenn sie etwas Quark auf die Marken bekommen, wird in einer deutschen Porzellanschüssel die Tunke für die kümmerlichen Kartoffeln angerührt, mit etwas Zucker und Essig dazu. Und dann legen sie sich schlafen in der guten deutschen Stube und sie schlafen trotz ihrer knurrenden Mägen besser darin als die noch im Traum von all den Fremden heimgesuchte und geplagte Elfriede Riebauer.

Nur Almut liegt im Dunkeln lange wach, und immer wieder laufen ihr die Augen voll, dabei ist sie es so leid, dass sie immerzu weint. Abends vor dem Einschlafen ist es am schlimmsten, dann nimmt Rosa sie fest in den Arm. Summt ihr leise ins Ohr. Manchmal, wenn sie im Dunkeln so eng umschlungen liegen, eingehüllt in die dicken Pullover, dazu Mützen, Handschuhe und Schals, und es hinter der Stirn und in der Brust etwas ruhiger geworden ist, stellt sich Almut vor, sie und Rosa wären die letzten beiden Menschen auf dieser Welt, zwei Menschen in einem weiten, grenzenlosen Raum, und in dieser Vorstellung gibt es keine Zeit, keine Vergangenheit, Gegenwart oder Zukunft mehr, nur ein Summen und das Gefühl von Zweisamkeit, das sich schwer und warm auf ihre Augenlider legt. Aber dann poltert es plötzlich nebenan oder Tante Ida dreht sich im Schlaf, und der Gedanke ist wieder vorbei. Leichter ist es tagsüber, auch wenn Almut die Müdigkeit und Kälte in den Augen brennen. Seit Tagen schneit es nahezu ununterbrochen und immer geht so ein eisiger Wind. Einige Male waren es minus 16 oder zu den Dreikönigen sogar minus 20 Grad.

Und immer noch kommen Leute hier an oder ziehen weiter, nicht auf einem Lastwagen, wie sie selbst vor zwei Monaten, sondern zu Fuß. Einige tragen noch nicht einmal Strümpfe in den Schuhen. Almut überkommt ein Frösteln beim Anblick der nackten Haut. Manchmal der Gedanke, die Eltern könnten auch dabei sein. Ein Gedanke wider besseres Wissen, den sie nicht denken will. Mit der Zeit wird es leichter werden, Rosa sagt, sie müsse es sich jeden Abend immer wieder aufs Neue vorsagen. Die ersten Wochen und Monate waren schlimm und die ersten Wochen und Monate gingen vorbei. Der Tag, an dem sie ein Zug nach Deutschland brachte, war schlimm, und dieser Tag ging vorbei. Weihnachten war wieder schlimm. Dreh dich nicht um, schau nach vorn. Auf eine schlimme Nacht folgt der nächste Tag. Letzte Nacht hat Almut die Mutter im Traum gesehen, das Gesicht über ihrem Bett, und das Bett stand in ihrem alten Zuhause, und sie wusste genau, wenn sie sich bewegt, ist das Bild gleich wieder weg. Zuhause, wie fremd das klingt, wenn niemand mehr da ist, den man kennt. Ihre langen Zöpfe hat sich Almut mit Rosas Hilfe noch in Reichenberg abgeschnitten. Mit dem Pagenschnitt sieht sie viel ernster und um einiges älter als vierzehn aus, und so fühlt sie sich auch. Manchmal ist ihr, als wären nicht nur die Zöpfe, sondern auch ein Teil von ihr selbst in Reichenberg geblieben (*Ich bin mir ja selbst ein bisschen fremd geworden*). Manchmal betrachtet sie sich und ihre geflochtenen Kinderzöpfe in dem mitgenommenen Fotoalbum. Auch Rosa trägt die Haare mittlerweile kurz, mit einem Seitenscheitel aus der Stirn und hinter die Ohren geklemmt. Und dann bringt eine einzige Bewegung mit dem Kopf gleich alles wieder durcheinander, und wie schön zerzaust ihr dickes, widerspenstiges Haar erst bei diesem frostigen Wind aussieht. Auch Rosa wirkt älter, aber zugleich viel verwegener. (*Und die Leute halten uns dennoch für Schwestern, einfach nur, weil wir immerzu zusammen sind.*)

An den Jugendleiter von Kirchmöser
Zwickau, den 5. Februar 1947
Betrifft: Ihre Anfrage vom 12. Januar

Ich bedaure, Ihnen z. Zt. kein Angebot in Fahnen bzw. Fahnentuch machen zu können, da es mir vorläufig an den dazu nötigen Stoffen fehlt. Sollten Sie aber in der Lage sein, mir die erforderlichen Rohstoffe zu stellen, so würde ich Ihnen daraus die von Ihnen gewünschten Artikel nach Anlieferung sofort herstellen können. Es handelt sich hierbei um Zellwollgarn oder Zellwollflocke, das Verweben könnte dann schnellstens erfolgen und es wäre sogar damit zu rechnen, daß ich von einer befreundeten Weberei das Kornblumenblau zum Färben erhalte.

Hochachtungsvoll,
Fahnenfabrik, Zwickau Sa.

Wie er im Moment an eine extra Portion Zellwollgarn oder Zellwollflocke herankommen soll, weiß Peter Weigel beim besten Willen nicht. Zwar kriegen die Leute hier manchmal Zellwolle auf Karte, aber die reicht ja noch nicht mal, um den Bedarf an warmen Strümpfen oder Pullovern zu decken. (Wenn man sie mühsam aufdröselt und aus einem Faden drei Fäden macht, reicht sie etwas länger.) Und von der Kreisleitung kam wieder eine Rüge. (*In deinem Bericht über die Brüder Probst schreibst du über einen angeblich verstorbenen Vater der Jungen, der aber vor einigen Tagen beim Jugendamt höchstpersönlich vorstellig wurde, was eine unangenehme Situation ergab. Wir bitten dich in Zukunft jeden deiner Berichte gründlich zu prüfen, damit derartiges nicht wieder vorkommen kann!*)

Die erste Mitgliederversammlung im neuen Jahr ist ebenfalls denkbar schlecht besucht, denn im Kino läuft der *Weiße Traum*, die Liebesgeschichte um einen Bühnenarchitekten und eine schöne Eiskunstläuferin, die ans Theater wechseln will, nur wird das Theater aus Geldgründen dann leider geschlossen und die Revue notgedrungen aufs Eis verlegt. Dennoch ist Peter Weigel zuversichtlich oder mehr als das, beinahe euphorisch überschaut er die leeren Stühle im Raum, denn zumindest sieben von ihnen sind besetzt, darunter Inge und Helmut, und dazu sind auch die beiden neuen Mitglieder Rosa Steiner und Almut Horák gekommen, äußerst vernünftige Mädchen, wie ihm scheint, mit denen es sich in einer so persönlichen Runde freier von der Leber weg sprechen und austauschen lässt. Vor allem diese Rosa zeigt sich interessiert. Sie erkundigt sich nach der bisherigen Arbeit im Ort und nach der Stimmung unter den jungen Leuten hier, die er mit Inges und Helmuts Hilfe kurz und unverblümt zusammenfasst. Ab und an nickt sie dazu oder runzelt die Stirn, darunter zwei graublaue Augen oder vielmehr ein leuchtendes Taubenblaugrau, und schließlich berichtet sie selbst von ihren ersten Eindrücken, zu denen nun auch ihre Freundin nickt. Und dann entwickeln und diskutieren sie erste Möglichkeiten für das vor ihnen liegende und noch brach liegende Jahr, und im Ergebnis hat sich Peter Weigel nicht nur all seine Sorgen der letzten Zeit von der Seele gesprochen, sondern er hat nun auch einen Kulturbeauftragten oder, wie Rosa mit Blick auf Almut betont: sogar zwei.

Und ganz Kirchmöser hat zwei Tage später plötzlich Papier. Jede Menge Papier zum Schuhetrocknen, zum Hinternabputzen, zum Naseputzen, zum Schnittzeichnungenherstellen und Zigarettendrehen, zum Ofenanfeuern, zum Fensterabdichten, zum Menstruieren, zum Tapezieren, zum Ausstopfen der Puppenköpfe für die Kinder, zum Paketeausstopfen für die in alle Winde verstreuten Verwandten, zum Berichte- und Stellungnahmentippen, zum Schreiben von Briefen, Tagebüchern und Gedichten.

Und all dieses Papier lag einfach so auf dem Müllberg von Kirchmöser herum, ausgerechnet auf dem Müllberg, dazu auch Ordner, Briefumschläge und Hefter? Wie denn das? Nun, die Leute sagen, ein Lastwagen von der Reichsbahn hätte es gebracht und alles in den

Schnee gekippt. Und dann hat der Wind das Papier natürlich ordentlich herumgefegt, und die Leute sind von überall her mit ihren Handwagen gekommen, um so viel wie möglich davon aufzulesen. Ida schüttelt im Büro der SED-Leitung den Kopf. Was sind denn das für Zustände? Da muss man doch für Ordnung sorgen!

Ida gegenüber sitzt Manfred Heiser, der nun lächelnd die Hände vom Schreibtisch hebt, was kann er da machen, das Papier habe sich ja nun quasi schon von selbst verteilt und ein Lastwagen der Reichsbahn wurde auch ihm, dem Vorsitzenden der SED-Ortsgruppe Kirchmöser, nicht vorher angekündigt.

Das von Winden und Menschen eigenmächtig verteilte Papier kümmert Ida Steiner im Grunde nur wenig, deswegen ist sie nicht hergekommen. Vielmehr bekümmert es sie, dass sie immer noch keine ordentliche Aufgabe zugewiesen bekommen hat (eine Aufgabe, die mit einer entsprechenden Position verbunden wäre). Also fragt sie den Genossen Heiser geradewegs heraus, warum man sie denn um Himmels willen ausgerechnet in dieses Brandenburger Dorf beordert habe, wenn sie doch offensichtlich überall mehr gebraucht werde als hier!

Und wieder lächelt Manfred Heiser über das Temperament dieser hageren Frau, die es kaum auf dem Stuhl zu halten scheint. Während er ihr ein Schreiben über den Tisch schiebt, spricht er ein Wort aus, das diesem Temperament und wohl auch diesen Zeiten am wenigsten entspricht: Geduld.

Geduld brauchen sie doch letztlich alle hier, um der Lage wie auch der Enttäuschung Herr zu werden, welche die Landtagswahl im letzten Jahr trotz aller Erfolge mit sich gebracht hat. (Wie viel mehr hatte man sich erwartet, wie viel mehr gerade nach dem Zusammenschluss von KPD und SPD, und wie viele Ida Steiners hatte man schon vorgesehen in den Gemeinden und den Landräten ...) Aber jetzt habe er ja endlich etwas für sie gefunden. Auf dem Papier, das Ida nun bereits in den Händen hält, steht die Adresse geschrieben. Antifaschistischer Frauenausschuss, es wird aufgrund von krankheitsbedingten Ausfällen unter den Genossinnen, und um die Winterarbeit überhaupt bewältigen zu können, dringend um personelle Unterstützung gebeten! Sprechstunden für soziale Beratung dienstags und donnerstags, zu den weiteren Aufgaben gehören die Betreuung von Umsiedlertransporten und die Essensausgabe in der neu ins Leben gerufenen Volksküche, die Organisation von Nähabenden und von Versammlungen mit thematischen Vorträgen, dazu die Beschaffung und Verteilung von Spenden zur Unterstützung der Alten, Kinder und Kranken im Ort (in enger Zusammenarbeit mit der Volkssolidarität).

Frauenausschuss, seufzt Ida Steiner, faltet das Schreiben mehrfach zusammen und schiebt es dann tief in ihre Manteltasche hinein.

Ein Notfall, betont Manfred Heiser, und eine Aufgabe für den Übergang. Bitte heute noch melden. Ida nickt, erhebt sich vom Stuhl und verabschiedet sich mit festem Händedruck. Ein kraftvoller, warmer Händedruck und kein Ring am Finger. Bevor sie die Tür hinter sich schließen kann, gibt sich Manfred Heiser einen Ruck und lädt die Genossin, Antifaschistin, Textilarbeiterin, Mutter, Witwe und Umsiedlerin Ida Steiner (so der Lebenslauf in seinen Unterlagen) ohne Umschweife oder anderes unpassendes Tamtam zum Tanz am nächsten Samstag in den Seepavillon ein.

Doch schon allein die Frage ist Ida zu viel Tamtam, denn zum einen tanzt sie nicht (oder nicht mehr), und zum anderen wird sie an dem besagten Samstagabend sowieso vor Ort sein, denn so hat sie die Mädchen im Blick, die ihr den Ball im Seepavillon doch tatsächlich als Kulturabend der FDJ weismachen wollen. Die Genehmigung der Kreiskommandantur liege inzwischen vor, versichert ihr Rosa und referiert sogleich das überschaubare, von Peter Weigel vor vier Wochen zwecks Genehmigung schnell dahingeschriebene Programm. Um sechs Uhr allgemeine Begrüßung und Ansprache des Jugendleiters, dann Instrumentalstück, Geleitspruch und Rezitativ. Es folgen die Vorstellung der neuen Kulturbeauftragten und ein Jahresausblick. Schließlich Rezitativ II und ein gemeinsames Lied (Weltjugendlied). Im Anschluss Tanz und gemütliches Beisammensein im Seepavillon, diesmal sogar mit Kapelle aus Groß Wusterwitz.

Zwei Stunden, sagt Ida. Drei Stunden, bettelt Rosa. Halb zehn und keine Minute länger, beendet Ida das

Gespräch, schon allein wegen Almut. Dabei hat Almut anfangs gar keine Lust auf den Ball, doch Rosa besteht darauf, dass sie mitkommt. Fast streiten sie sich darüber, denn für Rosa liegt es auf der Hand, dass so ein Fest einfach schön werden muss und Almut auf andere Gedanken bringt. Und wie recht sie damit haben wird! Kaum fängt die Kapelle an zu spielen, springen schon die ersten Paare auf, Frauen und Männer und Frauen und Frauen, und auch Rosa zieht Almut sogleich begeistert vom Stuhl. Trotz eines leichten Unbehagens im ersten Moment lässt sich Almut von Rosa an der Hand auf die Tanzfläche führen und in ihrem Arm in die Musik hineindrehen, die den heruntergekommenen Saal mit den grünen Stockflecken an der Decke, den beiseitegerückten, wackeligen Holztischen und dem hochtrabenden Namen »Seepavillon« nun schon beinahe festlich wirken lässt. Mit jeder weiteren Drehung schwindet die Scheu und der Hunger im Bauch, und zugleich füllt sich geschwind der Saal. Weitere Männer und Frauen drängen durch die Tür, Mäntel, Pullover und Strickjacken werden abgelegt, und auch Almut und Rosa streifen sich die dicken Pullover über die Köpfe. Befreit von dem klammen Wollgeruch drehen sie sich noch schneller, steigert sich der Taumel im Kopf, das Lachen in Rosas Gesicht. Lautstarkes Gelächter und Rufen nun auch von den Tischen ringsherum, das die Kapelle auf der schmalen Bühne erst recht anzuspornen scheint. Nach den ersten Runden werden inmitten der nunmehr dicht gefüllten Tanzfläche die Partner getauscht (halb Kirchmöser scheint an diesem Abend da zu sein), Peter (Weigel) tanzt erst mit Almut, und Rosa mit Helmut, dann Helmut mit Almut und Rosa mit Peter, und als Helmut eine Pause braucht und vor die Tür gehen will, übergibt Rosa ihren Tanzpartner weiter an Inge und fasst selbst wieder nach Almuts Hand. Inge, die zu Beginn des Abends bewiesen hat, dass sie nicht nur hervorragend mit Zahlen umgehen kann, sondern auch Gitarre spielt (Instrumentalstück vor dem ersten Geleitwort und gemeinsames Lied), stellt ihnen in einer Tanzpause all ihre Freundinnen vor, die wie Inge bereits in der Lehre sind. Zu jeder von ihnen (Renate, Annelore, Marianne und Christel) weiß sie einen Scherz zu machen oder gleich eine ganze Geschichte zu erzählen, und auch die beiden Verlobten von Marianne und Christel bleiben nicht unverschont, was am Tisch zu großer Heiterkeit führt. Ida registriert die Hitze in Almuts und Rosas Gesichtern wie auch den beharrlich fortschreitenden Zeiger auf ihrer Armbanduhr. Sie selbst tanzt tatsächlich nicht, wie Manfred Heiser zu seinem Bedauern feststellen muss, also rückt er mit seinem Stuhl kurzerhand an ihre Seite und verlegt sich, abgesehen von einem Händeschütteln hier und da, verbunden mit einigen kurzen Wortwechseln hier und da, ebenfalls aufs Beobachten. Auch er sieht die Ausgelassenheit in den Gesichtern der jungen Leute, das Bier auf den Tischen der Älteren. Das Glitzern in den Augen, vom Alkohol, der Musik oder den Rauchschwaden in der Luft. Das Leben geht weiter, sagt er nach einer Weile, und das feiern sie. Ida schüttelt kaum merklich den Kopf. Nachdenklich betrachtet er ihr Profil, das im Nacken hochgesteckte Haar.

Heute wird gefeiert und morgen vergessen! Ida wendet den Blick von der Tanzfläche, von den geschmolzenen, grauen Schneelachen unter den Füßen der Tanzenden, und schaut abermals auf die Uhr. Bereits kurz vor halb zehn. Schon will sie nach ihrem Mantel greifen, da legt er ihr schnell die Hand auf die Schulter. Eine spontane Geste, die ihm etwas zu lang gerät – aus der schließlich unvermittelt eine fragende Berührung wird. Behutsam tasten seine Finger über die raue Wolle ihrer Strickjacke und erkunden den Übergang. Die warme Haut ihres Nackens. Die Seitenlinie ihres Halses. Wandern hinauf zu dem braunen Haarknoten. Ziehen sich wieder zurück unter ihrem Blick.

Die Erinnerung springt Ida an wie ein wild gewordenes Katzentier. Schnell verschränkt sie die Arme vor der Brust, während sich ihr Körper an Hände erinnert, an Hände und Lippen auf der Haut, an ein körperliches Empfinden jenseits von Müdigkeit, Hunger oder Schmerz. Auch jenseits von Scham. Die Erinnerung fährt ihr so unvermittelt in den Schoß, dass sie nun regelrecht aufspringt und sich geradewegs eine Schneise durch die Tanzenden bahnt, direkt auf Rosa und Almut zu, die am Rande der Tanzfläche miteinander flüstern. Rosa verzieht das Gesicht, als sie ihre Mutter kommen sieht, nur noch ein paar Minuten, protestiert sie sofort, was ist denn schon dabei, die anderen bleiben doch auch noch bis zehn. Ida schüttelt energisch den Kopf und fordert die Mädchen auf, sich unverzüglich auf den Heimweg zu machen. Und keine Widerworte mehr, drängt es heiser aus ihrem Mund. Rosa kneift die Augen verärgert zusammen, nur weil die Mutter keinen Spaß versteht, muss sie ihnen nicht gleich den Spaß verderben, brodelt es in ihrem Kopf, doch bevor sie den Gedanken auch aussprechen kann, fasst Almut nach ihrer Hand und zieht sie mit sich. Ida beobachtet mit gerunzelter Stirn und einer klopfenden Unruhe im Bauch, wie sich die Mädchen ihre Pullover und Mäntel überziehen und von den anderen am Tisch reihum verabschieden. Sie bemerkt in diesem Moment: Ihre Tochter ist kein Mädchen mehr.

Als die beiden endlich den Saal verlassen haben, kehrt sie langsam zurück zu einem leeren Stuhl. Sie nimmt die Zigarette, die Manfred ihr anbietet, und während sie noch zu verstehen versucht, ob ihr Verlangen davon herrührt, dass sie sich erinnert oder vielmehr davon, dass sie so lang vergessen hat, erfährt sie, dass Manfred eigentlich Lehrer ist. Dass er Menschen verloren hat wie sie. Im Laufe des Abends bemerkt sie die weiße Narbe neben der linken Braue, das leicht hängende Augenlid. Die ansonsten eher dunkle Haut seines Gesichtes. Der herbe, angenehme Geruch, wenn er sich vorbeugt und ihre Nähe sucht, um gegen die Lautstärke der Musik anzusprechen. Die Veränderung in den Köpfen wird die meiste Zeit brauchen, sagt Manfred einmal in die Stille zwischen zwei Liedern hinein, und sucht dabei ihren Blick. Und doch wird es ihnen gelingen, in Zukunft friedlich auf dieser Erde zu leben. Miteinander zu leben. Ida belächelt seine Zuversicht. Und Manfred lächelt zurück.

Statt den kürzesten Heimweg zu nehmen, gehen Rosa und Almut lieber ein Stück am See entlang, dunkel ist es dort, nur die Sterne und der Mond beleuchten den schneebedeckten Weg und die kahlen Wipfel der Bäume. Die Kälte zwickt ihnen ins Gesicht und knackt unter ihren Schritten. Da schüttelt Rosa den letzten Rest Ärger ab und will plötzlich aufs Eis. Almuts Einwände und Warnungen lässt sie nicht gelten. Anfangs tastet sie sich noch mit gebeugtem Oberkörper Schritt für Schritt vorwärts, doch als sie spürt, dass das Eis tatsächlich hält, wird sie schneller. Komm zurück, ruft Almut ihr zu, doch Rosa will das nicht hören. Im Schlittern breitet sie die Arme aus und als sie dazu noch ein Bein in die Waagerechte zu heben versucht, muss Almut lachen und applaudiert ihr vom Ufer aus. *Verzeihung, liebes Publikum,* ruft Rosa Almut zu, und gleitet mit ausgebreiteten Armen weiter über das Eis, *wir sind hinausgeflogen. Und sind mit der Revue darum aufs Glatteis umgezogen.* Almut erkennt die Sätze sofort. Noch hat es Ida nicht bemerkt, dass Rosa seit Tagen ein Nachthemd fehlt, eines der besseren mit sauberer Naht, das Rosa heimlich gegen die Groschen fürs Kino eingetauscht hat, nachdem Almut eines Nachmittags vor dem Zettel mit der Ankündigung des *Weißen Traums* stehen geblieben war. Doch im verdunkelten Saal überkam Almut gleich das schlechte Gewissen, wegen der Heimlichkeit Ida gegenüber und vielleicht auch wegen des Nachthemds. *Die Dekorationen müssen natürlich noch etwas verändert werden*, zitiert Rosa nun weiter aus dem Film und versucht sich erneut an einer wackeligen Standwaage, *dafür braucht es nur etwas Fantasie.* Nichts leichter als das. Almut schließt bereitwillig die Augen. Bitte schön. Sie hört ihren Atem in der Brust, das Kratzen von Rosas Halbstiefeln auf dem Eis. Als sie die Augen wieder öffnet, gleitet Rosa wie gewünscht in einem weißen, mit Tausenden kleinen Pailletten benähten Kostüm an ihr vorbei und trägt einen silbernen Reif im Haar. An den Füßen Schlittschuhe wie eine richtige Eiskunstläuferin. Die Kapelle spielt einen Tusch und danach eine schöne, langsame Melodie. Noch im Bett hat Almut das Bild vor Augen und schmückt es mit weiteren Details aus dem Film, und zugleich will Rosa wissen, was Almut von diesem Manfred Heiser hält, der ihrer Mutter den ganzen Abend nicht von der Seite gewichen ist. Almut weiß auf die Schnelle keine Antwort, aber das ist auch egal, denn sie spürt, dass Rosa weniger an diesen Heiser als an ihren Vater denkt. Wie er sie angestarrt hat, murmelt Rosa, und verschränkt die Arme hinter dem Kopf. Aber schön war das Fest trotzdem. Oder nicht? Almut verschränkt nun ebenfalls die Arme hinter dem Kopf und überlegt. Ja, es war schön, sagt sie nach einer Weile und lächelt dabei. Und Rosa lacht leise auf. Weil sie (Almut) doch immer erst nachdenken müsse, bevor sie etwas sage, während sie (Rosa) doch eher gerade heraus ist und ständig irgendwo Ärger hat. Und schon deshalb müssen sie immer schön beieinanderbleiben, damit sich das ergänzen und ausgleichen kann.

An die Fahnenfabrik, Zwickau Sa.
9. März 1947
Betrifft: Lieferung der Zellwolle

Da es mir z. Z. ebenfalls nicht möglich ist, die erforderlichen Rohstoffe zu besorgen, und ein Spendenaufruf an die Bevölkerung aus verständlichen Gründen erst im Frühling oder zumindest bei wärmeren Temperaturen sinnvoll erscheint, bitte ich hiermit um rechtzeitige Mitteilung, sobald Sie Zellwolle wieder am Lager haben.

Peter Weigel
Jugendleiter Kirchmöser

Mitte März hat die Riebauer einen Brief von ihrem Mann bekommen und macht seitdem mächtig viel Wind darum, was sich erst alles verändern wird, wenn ihr Mann, wie er schreibt, schon bald aus der Gefangenschaft entlassen und endlich heimkehren wird. Himmel noch mal, diese Frau hat doch rein gar nichts verstanden! Ida knallt ihr die Tür vor der Nase zu, und Almut und Rosa, die am Tisch die Fläche eines unregelmäßigen Dreiecks zu berechnen versuchen, schauen erschrocken von ihren Heften auf. Sie selbst haben immer noch nichts von Onkel Willi gehört, der nach der Untersuchungshaft im Herbst 1944 untergetaucht und seitdem spurlos verschwunden ist. Aber Rosa ist sich sicher, dass er lebt. Es ist nur ein Gefühl, sagt sie zu Almut, so wie sie im Winter 1942/43 diese deutliche Ahnung hatte, dass ihr Vater nicht heimkehren würde. Eine schmerzende Gewissheit im Bauch, Wochen bevor die Todesmeldung sie erreichte. Vier Jahre ist das nun her und schon hat sie angefangen, sich bestimmte Erinnerungen an ihren Vater immer wieder vorzusagen, fast so, wie man ein Gedicht auswendig lernt, damit sie ihr nicht aus dem Kopf verschwinden. Seit dem Abend im Seepavillon fragt sie ihrer Mutter regelmäßig Löcher in den Bauch, um auch bei ihr die Erinnerung wach und lebendig zu halten: Wie habt ihr euch kennengelernt? Bei einem Treffen. Was denn für ein Treffen? Eine Versammlung halt. Eine Parteiversammlung? Aber ja. Und was mochtest du an ihm? Was du so fragst. Alle mochten ihn. Und warum? Er konnte gut reden. Aber du mochtest ihn doch besonders? Ja. Weil er gut reden konnte? An dieser Stelle muss Ida lächeln und nickt. Erinnert sich. Tatsache, mit Worten konnte er umgehen (und mit seinen Händen auch).

Und so lässt sie sich doch noch hinreißen und erzählt ein bisschen aus der Zeit vor Rosas Geburt, z. B. die Geschichte, wie sie auf ihrer ersten gemeinsamen Rede zum Streik aufgerufen haben, hat sie die schon erzählt? Rosa schüttelt den Kopf und schaut ihre Mutter erwartungsvoll an. Und Almut zieht sich den Mantel über, dabei wird es schon dunkel draußen, wo will sie denn hin? Nur einen Moment an die frische Luft, gegen das Kopfweh, das sie gar nicht hat, vielmehr will sie nicht hören, was Tante Ida von Rosas Vater erzählt. Zu groß ist der

Wunsch, dass Ida in dieser Weise einmal von Almuts Eltern spräche, es ist ja ganz egal, was für Geschichten, und ob Almut sie schon kennt oder nicht. Almut schaut dem Mond in sein pockennarbiges Gesicht. Gleich zweimal hat sie den Tod verschlafen, nichts ahnend, als der Vater starb, und voller Ahnungen bei der Mutter. Niemals dürfe sie sich so aufgeben, hatte Ida ihr bei der Beerdigung der Mutter eindringlich gesagt, unter keinen Umständen, und sie dabei an den Armen gefasst. Und dass sie daran glaube, dass Almut im Inneren sehr kräftig und widerstandsfähig sei. Almut spürte in diesem Moment: Das ist sie nicht, aber sie hat sich fest vorgenommen, es zu werden.

An den Jugendleiter Peter Weigel
28. April 1947

Ich bedauere sehr, dass die Ausführung Ihres Auftrags zum jetzigen Zeitpunkt nach wie vor nicht möglich ist. Aber ich gehe fest davon aus, dass eine Rohstofflieferung in den nächsten Wochen eintreffen wird. Daher erbitte ich von Ihnen noch die Information, in welcher Größe die Fahnen angefertigt werden sollen: und zwar gibt es die Größe 120×140 cm gegen Bezugschein und 90×110 cm frei zu erwerben.

Hochachtungsvoll,
Fahnenfabrik, Zwickau Sa.

Und dann ist der Frühling plötzlich da und alles ist endlich wieder grün (kaum zu glauben nach diesem Winter) und überhaupt taucht die Sonne Kirchmöser in ein freundliches Licht. In den letzten zwei Wochen haben die oberen Klassen einen Schulgarten angelegt, im Grunde nur zwei rechteckige Beete hinter der Schule, aber bei den Bohnen sieht man schon die ersten Triebe, auf dem Beet daneben wurden Mohrrüben ausgesät. Und auch die Linden vor der Schule tragen ihr hellgrünes Blätterkleid, und an den Seen leuchten die Weiden und Pappeln. Am ersten Sonntag im Mai sind die Liegewiesen an den Ufern voll, die älteren Leute platzieren sich in ihrem Sonntagsstaat auf den ausgebreiteten Decken, die jüngeren sonnen sich bereits in kurzen Hosen und Röcken. Badewetter ist es noch keines. (Rosa zu Almut: Aber wenn es so weit ist, dann bring ich dir endlich das Schwimmen bei.) Almut trägt ein gelbes Kleid, das ihr ein bisschen zu knapp geworden ist, vor allem um die Schultern und die Brust herum, letztes Jahr saß es noch gut, aber nun wächst sie augenscheinlich ebenfalls zur Frau heran. Für die ersten Blutungen hat ihr Ida einige selbst genähte Binden bereitgelegt, und von dem gelben Kleid wie auch von zwei Blusen hat Almut eigenhändig die Ärmel abgetrennt, so spannt es deutlich weniger. Die Arbeit mit Nadel und Faden geht ihr leicht von der Hand, und macht dazu noch Spaß. An drei Nachmittagen der Woche hilft sie neuerdings im Frauenausschuss mit (für eine Genossin, die gerade ihr Baby bekommen hat), dafür darf sie dort mitessen. Zwar hat Ida nun endlich eine bessere Nährmittelkarte bekommen, aber Rosa und Almut haben doch nur Stufe 5, und das reicht einfach nicht. Hauptsächlich näht Almut Kindersachen aus alten Decken und Vorhängen, die ihr die Leute bringen, in der Regel sehr grobes Material, findet Almut, aber manchmal ist auch ein altes Laken aus Leinen dabei. Neulich hat Peter Weigel bei ihnen nach Zellwolle gefragt, aber jetzt, wo die Kälte vorbei ist, dröseln die Leute ihre Pullover wieder auf und stricken sich Unterhosen daraus.

Rosa steht derweil Schlange, denn ohne geduldiges Anstehen nützen alle Nährmittelkarten nichts, und die verbleibende Zeit kümmert sie sich um den Lindenkrug, der eine halb leere Scheune hinten im Garten hat. Fast hat sie den Wirt so weit, dass er ihr den Raum tagsüber zum Proben überlässt. Eine Theaterbühne statt einer Turnhalle? Das muss die Jugend im Ort erst mal verkraften, spottet Helmut sogleich, aber Rosa zuckt nur mit den Schultern. Trainieren, das könnt ihr wahrlich auch draußen. Peter und Inge sind von der Idee einer Theatergruppe jedenfalls ganz begeistert, man könne ja selbst kurze, lustige Szenen schreiben (Peter) und sie dazu dann mit passenden Liedern (Inge) versehen. Doch Rosa hat etwas anderes im Sinn. Aus der Schule hat sie einige Bücher mitgenommen, ihr Klassenlehrer (Alfred Kollwitt, Neulehrer, Anfang dreißig, aber schon die Gicht in den Händen, und seine Stimme klingt immerzu heiser) hat eine Auswahl für sie zusammengestellt. Es ist mühsam, ihm in dem vollgestopften Klassenzimmer bei seinen Ausführungen zu folgen, und dann wieder weghören zu müssen, wenn er den jüngeren Schülern etwas erklärt, derweil sie selbst Übungsaufgaben erledigen sollen. Aber er hat auf seinem Pult stets eine Handvoll Bücher bereitliegen, die sie sich nehmen können, sobald sie mit den Übungen fertig sind, und auf diese Weise hat Rosa eines Vormittags die antiken Tragödien entdeckt.

Und so überfliegen Rosa und Almut nun auf der Wiese mit Blick auf den Möserschen See zuerst die Orestie. Aber geeignet ist die sicher nicht, runzelt Almut die Stirn, so viele Figuren und dazu noch der Chor? Die Ödipus-Geschichte ist auch nicht das Richtige, findet Rosa, zu viele Männerrollen. (Unter den Anmeldungen ist bisher kein einziger Mann, Peter hätte zwar Lust, wie er Rosa versichert, aber es fehlt ihm an Zeit – und das bedauert er sehr.) Aber dann stoßen sie auf Antigone und ihre Schwester Ismene, die beiden Töchter des Königs Ödipus, und das, meint Rosa sichtlich beeindruckt, soll es nun werden. Almut reagiert eher verhalten, vor allem die vielen Selbstmorde gefallen ihr nicht. Die Gründe dafür natürlich verständlich.

– Aber ist Antigones Tod nicht auch Zeugnis des Widerstands, die letzte freie Entscheidung, die Antigone bleibt?

– Na ja, na gut, mag sein, vielleicht. Aber wohl ist Almut bei der Sache trotzdem nicht. Und ist das Stück nicht auch zu lang?

– Aber nein, versichert ihr Rosa, einiges kann man getrost streichen, die gesamte zweite Szene zum Beispiel im ersten Akt und auch in den anderen Akten braucht man vieles nicht.

– Und wer spricht den Chor?

Rosa schaut Almut nachdenklich an. Dann fasst sie plötzlich nach Almuts Hand. Wie wäre es denn, wenn sie alle zusammen den Chor übernähmen, und jeder dazu dann noch jeweils eine Figur? Das ginge doch auf! Aber ja, Rosa hat es jetzt förmlich vor Augen: Alle Figuren treten überhaupt erst aus diesem gemeinsamen Chor hervor, und anstatt von der Bühne abzugehen, kehren sie allesamt wieder dahin zurück. Auf diese Weise würde auch Antigone nicht einfach verschwinden, weder im Verlies noch im Tod, sondern sichtbar bleiben in der großen Erzählung. Das ist es doch, ruft Rosa und hält an dieser Stelle bestürzt inne. Wäre das nicht schön? Der Tod kein Endpunkt mehr. Geburt und Tod nur die Rahmung für das Heraustreten eines einzelnen Menschen, Rahmung für eine ihm zugemessene Zeit, der Erzählung des Chors eine eigene Geschichte hinzuzufügen. Und alles, was der Mensch in dieser Zeit erlebt, jede seiner Entscheidungen und jede Wendung seines Lebens, ist es wert, erzählt zu werden. Danach tritt man einfach zurück in den Chor. Wäre das nicht schön?

An die Fahnenfabrik, Zwickau Sa.
12. Mai 1947

Sie haben um Informationen zur Größe der bestellten Fahnen gebeten. Für eine der drei Fahnen liegt mir ein Bezugsschein vor, diese sollte demnach in der Größe 120 mal 140 cm angefertigt werden. Für die anderen beiden Fahnen gilt dann das Maß 90 mal 110 cm.

Mit sozialistischem Gruß!
Peter Weigel

Die Idee mit dem Chor mag ja ganz schön sein, aber die Antigone wollen sie auf gar keinen Fall spielen, nein, wirklich nicht, das hat die Abstimmung auf dem ersten Treffen eindeutig ergeben. (7 Stimmen gegen Rosa und Almut, keine Enthaltungen.) Und auch eine andere Tragödie wird es nicht werden, denn was hat das Ganze mit uns und dem Hier und Jetzt zu tun? Almut sieht die Enttäuschung und Unlust in Rosas Gesicht, als sich die Gruppe auf ein Programm mit selbst verfassten Sketchen und Liedern einigt. Schon allein die Vorstellung bereitet Rosa Kopfschmerzen. Aber das ist doch nur voreingenommen und dazu auch noch überheblich, protestiert Peter, als ihm Rosa ihren Austritt aus der gerade erst gegründeten Gruppe bekannt geben will. Du kannst doch nicht einfach weglaufen, nur weil sich die anderen nicht so verhalten, wie du es willst?

Und ob Rosa das kann, als Kulturbeauftragte habe sie schließlich nur für den Rahmen zu sorgen, in dem sich das kulturelle Leben der Jugend hier entfalten kann. Und siehe da: Eine Laienspielgruppe ist da, eine Scheune zum Proben ist da (einzige Bedingung: das Gerümpel und den Dreck vorher noch wegräumen, und natürlich wird sie bei diesem Arbeitseinsatz dabei sein). Und wenn es so weit ist, wird sie sich auch um die Genehmigungen für die Aufführung kümmern. Aber darüber hinaus könne niemand – auch er nicht – von ihr verlangen, dass sie sich gegen ihren Willen einordne in den gemeinen, wenn auch beschlussfähigen Geschmack des Kollektivs! Peter Weigel schaut ihr fassungslos auf den Mund und schüttelt den Kopf. Hat sie das gerade wirklich gesagt? Der gemeine Geschmack des Kollektivs? Macht sie sich am Ende lustig über ihn?

An den Jugendleiter Peter Weigel, Kirchmöser
2. Juni 1947

Für Ihre Information vom 12. Mai danke ich bestens.
Auch freue ich mich, Ihnen mitteilen zu können,
dass uns für Ende Juni eine große Lieferung
Zellwolle angekündigt wurde, bei der wir auch
Ihre Bestellung berücksichtigen können. Ich melde
mich in Bälde mit den Details zum konkreten
Liefertermin.

Hochachtungsvoll,
Fahnenfabrik, Zwickau Sa.

Neuerdings befeuert Rosa Steiner ihren Mund nicht nur mit Spott, sondern auch mit Lippenrot, aber das darf die Mutter nicht sehen. Nur Almut weiß, dass Rosa den Lippenstift aus der Lindenkrug-Scheune hat (vielmehr einen Rest Lippenstift, den man mit dem kleinen Finger vorsichtig aus der Hülse pulen muss). Außerdem haben sie Kleider und sogar einen Mantel von der verstorbenen Frau des Wirtes gefunden, und Almut kann die Sachen für den Frauenausschuss haben, wenn sie ihm im Gegenzug Tischtücher näht. Die wird er brauchen, meint Rosa belustigt, wenn hier künftig das politische Leben tobt!

Peter Weigel hat sich beim Ausräumen der Scheune einen alten Klapptisch mitgenommen, den er neuerdings zum Arbeiten auf den Bürgersteig vor sein Büro stellt (das ja viel zu muffig und zu dunkel ist bei diesem Wetter). Die Leute, die an ihm vorbeispazieren, müssen einen kleinen Bogen machen. Einige murren dabei, andere lächeln oder grüßen sogar, wieder andere sind noch unentschieden, was sie von diesem Jugendleiter halten sollen, der da mitten auf dem Bürgersteig sitzt und fröhlich auf seiner Schreibmaschine tippt.

Ida Steiner bleibt seit einiger Zeit nicht nur an manchen Abenden, sondern mitunter die ganze Nacht weg und kehrt erst am Morgen heim. Demnächst wird sie dazu an zwei von vier Wochenenden im Monat auf Lehrgang fahren. Manfred, der sie für die Parteischulung empfohlen hat, behält die damit verbundenen Absichten, die nach nur drei Monaten in seinem Herzen wohnen, noch für sich, auch das Schreiben mit der Ankündigung seiner baldigen Versetzung nach Berlin hat er Ida noch nicht gezeigt.

In den letzten drei Monaten musste er sämtliche Papiere und Briefe zweimal lesen und nur Ida weiß, an welche Freuden er dann inmitten der Arbeit denkt. Wenn er ihr abends flüsternd davon erzählt, während ihre Finger behände Knöpfe und Haarknoten lösen, staunt sie darüber, wie vehement ihr Körper sein Recht einfordert und von Manfred berührt werden will.

Die Laientheatergruppe Kirchmöser trifft sich nun, da die Scheune komplett ausgeräumt ist, zweimal die Woche nach Feierabend im Lindenkrug und probt unter anderem ein Lied über den Schnee von gestern, das Rosa für sie geschrieben und Inge vertont hat. Es ist Almut zu verdanken, dass Rosa der Gruppe wenigstens einige Liedtexte beisteuern wird.

Ja, und Almut Horák lernt neuerdings schwimmen, und inzwischen klappt es auch ganz gut. Nur Rosa weiß um Almuts Panikanfall beim ersten Versuch, als sie den Boden unter den Füßen plötzlich nicht mehr spüren konnte. Sofort war die Angst überall, in den Armen und in den Beinen, wie wild hat Almut um sich geschlagen, aber Rosa hat sie festgehalten und wieder an Land gezogen. Nur Almut weiß um ihre Scham in diesem Moment. Inzwischen geht es aber besser, vor zwei Tagen ist sie neben Rosa das erste Mal an die zehn Meter weit hinausgeschwommen, und schon bald will Rosa ihr zeigen, wie man im See nach Fischen taucht. Die Angst vor der Tiefe hat Almut aber immer noch nicht recht überwunden.

Der 18. Juni 1947 ist ein verregneter Tag, und so streifen sie nach der Schule nur einmal kurz über die Wiese am See, um einen Blumenstrauß für Ida zu pflücken, da blühen zwar nur Löwenzahn, Schafgarbe und Hahnenfuß, aber zusammen sieht das ganz hübsch aus. Von Inge hat Rosa außerdem ein paar Erdbeeren besorgt, und Almut hat aus einem gelben Rest Vorhangstoff einen Rock für Ida genäht. Denn heute feiern sie Idas Geburtstag und dieser Heiser ist auch eingeladen.

Wir werden schon miteinander auskommen, murmelt Manfred vor sich hin, und verzieht den Mund, als er sein Spiegelbild sieht. Wäre doch gelacht, wenn nicht. Er dreht sich auf seinen geputzten Schuhen leicht hin und her. Dann bindet er sich die Krawatte wieder ab, ordnet sich mit den Fingern das Haar. Streckt sich. Zieht sich die Anzugjacke über das Hemd und zieht sie wieder aus.

Und auch Ida, die nur wenige Straßenzüge entfernt mit den Mädchen den Tisch für vier Personen deckt, ist etwas nervös. Natürlich versteht sie, dass Rosa an ihrem Vater hängt, aber zugleich muss die Tochter doch einsehen, dass die vier Jahre seit seinem Tod eine lange Zeit und dreiundvierzig Jahre noch kein Alter sind.

Halt dich an Almut, flüstert sie Manfred zu, als sie ihm an der Tür die Blumen und seine Jacke abnimmt, das macht es mit Rosa leichter.

Doch dann macht sie selbst den Anfang schwer, und für ihren Unmut sorgt ausgerechnet jener Rest Vorhangstoff, aus dem Almut den Rock für sie genäht hat. Glaubt Almut denn ernsthaft, dass sich Ida an den Spenden für den Frauenausschuss bereichern wird? Oder hat sie einfach nicht nachgedacht? Gute Absichten hin oder her, das Geschenk kann Ida nicht annehmen. Gleich morgen soll Almut den Rock zum Ausschuss bringen und sich entschuldigen obendrein. Alle senken den Blick und stochern mit ihren Gabeln in den gezuckerten Erdbeeren herum. Doch auch diese Erdbeeren liegen Ida schwer im Mund. Wie kann sich denn Rosa sicher sein, platzt es aus ihr heraus, dass diese Erdbeeren tatsächlich aus dem Garten von Inges Eltern sind? Haben die überhaupt einen Garten? Und wenn ja, wo ist er denn? Jeder weiß doch: Auf den Plantagen ist die Ernte gerade in vollem Gange, aber anstatt den Ertrag ordentlich abzuliefern, verkaufen die Bauern an den Abgabestellen vorbei privat an die Leute. So können sie die Preise hochsetzen, springt Manfred ihr bei, das bringt natürlich mehr Geld. Ida verzieht den Mund. Und trotzdem kaufen ihnen die Leute die Erdbeeren eimerweise ab, auch wenn es teuer und dazu verboten ist.

Aber wenn es doch keine Erdbeeren im Laden gibt? Ida schiebt empört den Teller beiseite, aber Manfred stimmt Rosa zu. Das ist tatsächlich ein Problem. Seit der Verbund mit der Stadt Brandenburg weggefallen ist, wird Kirchmöser in Bezug auf die Lebensmittelversorgung wieder als Dorf betrachtet. Deshalb ist auch die Zuweisung von Obst und Gemüse derzeit so schlecht und das bei dieser schwierigen Bodenklasse hier. Dazu kommt die allgemeine Transportlage, der Fahrzeugbestand ist vollkommen unzureichend und zum Teil in einem katastrophalen Zustand. Wie oft bleiben die Wagen unterwegs einfach liegen, mal ist es der Motor, mal das Getriebe, und dann versuch mal auf die Schnelle, Ersatzteile oder gleich einen anderen Wagen aufzutreiben. Da telefonierst du manchmal Stunden herum, und wenn das Obst schließlich hier ankommt, ist es matschig und die Vollmilch ist sauer.

Verstehe, sagt Rosa und wirft Manfred einen prüfenden Blick zu. Aber was tut ihr dagegen?

Die Probleme Schritt für Schritt angehen, antwortet Manfred, und das braucht seine Zeit.

Verstehe, murmelt Rosa einmal mehr und ihr Blick streift Almut, die immer noch mit gesenktem Kopf auf den Tisch starrt. Dann schaut Rosa ihrer Mutter geradewegs ins Gesicht. Was sie nun aber nicht mehr verstehe, ist, wie man derart kleinlich auf ein Stück Vorhang reagieren kann. Dann löst doch erst mal die ganzen Probleme, bevor ihr anderen eure Moral aufzwängt.

Stille hängt über dem Tisch, denn Ida lässt sich Zeit mit der Antwort. Sie mustert die Tochter, bis diese schließlich ebenfalls den Blick senkt. Da springt Almut vom Stuhl und beginnt den Tisch abzuräumen. Lass das, sagt Ida scharf, und wendet sich dann an Manfred. Ihre Tochter habe anscheinend so einiges noch nicht verstanden, wie im Übrigen die meisten Leute hier, wenn sie die beladenen Lastwagen einfach am Wegesrand liegen lassen oder ihre Erdbeeren unter der Hand verkaufen. Nicht die anderen lösen die Probleme für dich, Rosa. Das ist doch kein Schlaraffenland hier, in dem man sich einfach zurücklehnen kann. Jeder Einzelne muss sich verantwortlich fühlen, auch für die Vollmilch oder ein lächerliches Stück Vorhangstoff, und diese Verantwortung muss mit dem Handeln in eins fallen, sonst ändert sich gar nichts. Ida steht nun selbst auf und räumt die Teller und Gabeln auf das Tablett. Und gerade wir müssen dabei Vorbild sein, ruft sie verärgert in das Scheppern des Porzellans hinein, denn ein Kommunist, das ist man doch nicht einfach per Behauptung, vielmehr verdiene man sich die Bezeichnung ein Leben lang.

An den Jugendleiter Peter Weigel, Kirchmöser
15. Juli 1947

Ich bedaure außerordentlich, Ihnen hiermit mitteilen zu müssen, dass wir Ihre Bestellung bei der aktuellen Rohstoff-Lieferung leider doch nicht berücksichtigen konnten, da uns ein dringender Großauftrag aus Berlin übergeben wurde. Die nächste Lieferung an Zellwolle wurde uns aber für September in Aussicht gestellt.

Hochachtungsvoll,
Fahnenfabrik Zwickau (Sa.)

Großauftrag aus Berlin also. Peter Weigel überfliegt das Schreiben aus Zwickau und platziert es kopfschüttelnd auf dem Stapel Heizpapier neben dem Ofen. Der nächste Winter kommt gewiss, aber was die Lieferung der bestellten Fahnen anbelangt, ist sich Peter Weigel nicht mehr so sicher. Beantworten wird er dieses Schreiben jedenfalls nicht. Stattdessen greift er sich die Mappe mit den noch unbeantworteten Briefen der Kreisleitung vom Schreibtisch, und schiebt sie in den Rucksack zwischen Wechselsachen und Waschzeug. *Wir erinnern daran, dass die Teilnahme aller einzelnen Sachgebiete wie Kultur, Sport, Kassierer, Gruppenleiter usw. an unseren Wochenendschulungen selbstverständlich verpflichtend ist und erwarten eine Darlegung der Gründe bei Abwesenheit.*

Warum müssen denn immer alle dabei sein?, hatte ihm Rosa während der Sitzung ins Ohr geflüstert, und erst auf der Heimfahrt hatte er die Idee hinter der Frage verstanden. Natürlich wäre es eine Entlastung (gerade für ihn), wenn sie sich bei den Sitzungen reihum abwechseln würden. Die verschiedenen Rechenschaftsberichte könnten auch stellvertretend verlesen werden. Gerade dieser Punkt kostet in großen Runden viel Zeit. Andererseits entsteht aber erst in der gemeinsamen Arbeit ein Empfinden für die Gemeinschaft der Organisation. Schon allein die Tatsache, stimmte ihm Almut da überraschend zu, dass sie hier gemeinsam im Zug säßen und über solche Fragen diskutierten, sei doch schön und ein Zeichen von Zusammenhalt. Sie wolle das jedenfalls so beibehalten. Dann wolle sie es ebenfalls nicht anders, hatte ihr Rosa schmunzelnd geantwortet, und ihm, Peter Weigel, dabei zugeblinzelt. Na bitte. Jetzt muss er nur noch die Abwesenheit von Inge Pahl (schwere Erkrankung der Mutter) und Helmut Koschke (keine Lust) schriftlich erklären und zusammen mit dem unterschriebenen Protokoll der Kreisleitung einreichen.

Doch zunächst einmal schultert er den Rucksack und verschließt die Tür seines kleinen Büros. Und dann begibt er sich in zügigem Laufschritt zum Sammelplatz vor der Westschule, wo schon der Lastwagen bereitsteht. Auf der Ladefläche stapeln sich die Taschen und Decken, und dazwischen sitzen sie dicht an dicht, 13, 14, 15, 16, mit mir dann 17, zählt Peter Weigel schon von Weitem durch, selbst Helmut Koschke ist dabei (so eine Landpartie lässt er sich wiederum nicht entgehen). Da winken ihm Rosa und Inge auch schon zu, nun aber schnell, rufen sie, am besten setze er sich gleich nach vorn, denn hier oben sei nun schon alles voll.

Während der kurzen Fahrt nach Demsin teilt er seine Zigarette mit dem Fahrer und sieht durch das heruntergekurbelte Seitenfenster Bäume, Felder und Wiesen an sich vorbeiziehen. Der Wind zerzaust das gescheitelte, blonde Haar. Plötzlich fühlt er eine Freude in sich, eine Zuneigung und Verbundenheit mit dem Leben und dieser Landschaft vor dem Fenster, fast hätte er dem Fahrer seine Hand auf die Schulter gelegt. Immer wieder schaut er sich nach der Ladefläche um, wo Inge mit ihrer Gitarre ein Lied nach dem anderen anstimmt.

Auch Almut fühlt eine Vorfreude in sich und als sie zwei Wochen später zurückkehren, fühlt sie sich fast wie ein neuer Mensch. Als hätte sie sich erst wenige Kilometer von Kirchmöser entfernen müssen, um zu sehen, was ihr die ganze Zeit vor Augen lag. Mitten in der größten Mittagshitze kommen sie in Demsin an und werden auf dem Platz vor der Schule von der Mutter des Bürgermeisters in Empfang genommen, ansonsten scheint der Ort wie ausgestorben. Die Rucksäcke, Taschen, Decken und Inges Gitarre bringen sie gleich in die beiden Klassenräume, wo sie die nächsten zwei Wochen übernachten werden. Eine Wasserpumpe befindet sich hinter der Schule, dort stehen auch schon ein langer Tisch und Bänke bereit, und wenn sie in zwei Schichten essen oder ordentlich zusammenrücken, müsste es gehen. Teller, Tassen und Besteck haben sie doch hoffentlich dabei? Peter nickt stellvertretend für die Runde. Lebensmittel und Decken auch.

Nur eine Stunde später verteilen sie sich in Kleingruppen auf den Feldern der Neubauern und sammeln das Getreide ein. So lautet die Vereinbarung, welche Rosa mit Peter und die beiden wiederum mit Manfred und Manfred mit seinem Freund, dem Genossen und Bürgermeister Eduard Strobe, und dieser mit der Bauernhilfe getroffen hat. Sie arbeiten täglich einige Stunden bei der Ernte mit und dürfen dafür in der Schule schlafen. Ein paar Kartoffeln, Marmelade und Rüben gibt es obendrein. Das erste Mal seit Monaten knurrt Almut beim Einschlafen nicht der Magen. Und neben der Arbeit auf den Feldern bleibt noch genügend Zeit für die Proben am Stück, oder, wie Helmut sagt, für ein bisschen Urlaub oder, wie Peter sagt, für politische Diskussionen und die Planung weiterer Vorhaben. Doch die ersten Tage sind überraschend anstrengend, nicht nur für Almut und Rosa, die sofort Blasen an den Händen bekommen. Am Abend schmerzt ihnen allen der Rücken, und Helmut hat noch dazu einen gehörigen Sonnenbrand. Doch schon am dritten Tag fühlt sich Almut etwas kräftiger bei der Arbeit. Am vierten Abend hat sie mit Rosa Küchendienst und nachdem alle Teller leer gegessen und gespült sind, sitzen sie noch lange am Feuer, anstatt wie in den ersten Tagen sofort auf ihre Matten zu fallen. Wie wichtig ihre Hilfe ist, gerade für die Neubauern, von denen die meisten kaum ordentliches Arbeitsgerät haben, auch müssen sich einige der Umsiedler selbst erst an die Feldarbeit gewöhnen. Überhaupt müsste es viel mehr Beispiele dieser Zusammenarbeit geben, über die Kartoffelkäferaktionen und Ferienhilfen hinaus. Es braucht mehr Partnerschaften, die andauern und verlässlich sind, warum nicht auch zwischen den Neubauern und Altbauern? Warum nicht gleich alle Geräte und Maschinen und Erträge gemeinschaftlich verwalten und nutzen? Sie selbst könnten jährlich so ein Sommerlager organisieren, oder schon im nächsten Frühjahr wiederkommen, wenn es um die Aussaat geht. Was sich alles denken lässt in so einer Nacht. Mit einem Sternenhimmel voller Sternschnuppen über den Köpfen und Inge spielt Gitarre dazu. Wie sich die Möglichkeiten zu einem luftigen Ideen-Turm zusammenfügen. Und wie froh und zuversichtlich Almut zumute ist, wenn sie auf diese Weise zusammen Pläne schmieden und singen. Überhaupt sollten sie noch mehr miteinander reden und diskutieren, im Sommer am Feuer, und im Winter eben am Tisch. Und lesen, lesen, lesen möchte Almut – denn es gibt so viele Zusammenhänge, die sie noch nicht versteht. Hier am Feuer und in dieser Nacht wird ihr mit ihrem ganzen Körper bewusst, dass es ja gar nicht um ein bloßes Weitermachen geht, sondern darum, dass jetzt etwas ganz Neues anfangen kann. Hier und jetzt, so antwortet auch Peter auf Helmuts Bedenken und Einwände, geht es eben nicht mehr um althergebrachte Gewohnheiten (wie die Aufteilung und Bewirtschaftung der Felder als privates Land), sondern um das, was alles möglich ist und zusammen gelingen kann. Und das ist das Schwerste überhaupt: Sich aus den alten Zusammenhängen und Denkmustern zu lösen, um etwas anderes anzufangen. Genauso redet Tante Ida seit Monaten, aber es ist, als hätte Almut ihre Worte immer nur wie etwas völlig Abstraktes gehört und nie gefühlt. Doch plötzlich kommt der Gedanke überall in ihrem Körper an, und plötzlich fühlt er sich auch ganz selbstverständlich an, als hätte sie ihn schon immer gedacht. Seltsam ist das und sehr schön. Zum ersten Mal denkt Almut über ihre Zukunft nach. Sie kann sich vorstellen, später vielleicht einmal Lehrerin zu werden, mitten in der Feldarbeit kam ihr der Gedanke in den Sinn, sie hat ihn gleich Rosa erzählt. Und Rosa hat sie von oben bis unten angeschaut, vom geblümten Kopftuch bis zu den bloßen Füßen, und gemeint, dass sie sich das ebenfalls sehr gut vorstellen kann. Also fort mit den Ängsten und Sorgen, denkt Almut mit Blick in die roten Flammen hinein, Schluss mit dem ständigen Blick zurück, denn es stimmt ja, was Peter und die anderen sagen, dass unser ganzes schönes Leben im Grunde noch vor uns liegt.

An den Jugendleiter Peter Weigel, Kirchmöser
3. September 1947

Ich freue mich sehr, Ihnen mitteilen zu können, dass die nächste Lieferung Zellwolle Anfang Oktober erfolgen wird, bei der wir Ihre Bestellung berücksichtigen. Gleichzeitig erlaube ich mir hiermit eine Anfrage. Wäre es Ihnen möglich, mir für meine Kleintiere etwas Futtermittel für den kommenden Winter (Hafer, Mischgemenge oder ähnliches) zu beschaffen oder eventuell freie Spitzen in Kartoffeln, Gemüse, Hülsenfrüchte usw. für meine Arbeiterschaft? Ich würde Ihnen alles sehr gut bezahlen und sämtliche Auslagen, wie Porto und sonstige Unkosten, natürlich vergüten. Selbstverständlich müßte es sich um wirklich freie Spitzen handeln, damit wir nicht irgendwie mit bestehenden Gesetzen in Konflikt kommen.

Hochachtungsvoll,
Fahnenfabrik, Zwickau (Sa.)

Im Schaufenster des Konsums wird mit Beginn des neuen Schuljahres eine hübsche Pilzausstellung arrangiert, um die Bevölkerung über essbare und giftige Exemplare aufzuklären. Dabei ist das private Sammeln nur mit entsprechendem Pilzschein erlaubt. In der Schule starten zugleich die gemeinschaftlichen Sammelaktionen. Insgesamt kommen die Schüler der Westschule unter Führung der Lehrer auf einen Zentner Pilze (was für eine Pracht an braunen, kaum madigen Kappen), dazu 20 Zentner Eicheln und 8 Säcke Heilkräuter (Schafgarbe, Beifuß, Spitzwegerich, Rotklee und Wasserminze), die zum größten Teil für das Krankenhaus verwendet werden. Eine Sammlung von Arzneimittelgläsern unter der Bevölkerung verläuft ebenfalls einigermaßen erfolgreich. Im nächsten Schritt soll nun eine breit angelegte Altstoffsammlung mit Blick auf den kommenden Winter durchgeführt werden. Ach Himmel, sagen die Leute, die den Aushang am Rathaus studieren, steht denn der Winter schon wieder vor der Tür?

Ida hat endlich Nachricht von Onkel Willi bekommen, in einem Dorf bei Schleswig ist er gelandet, will aber versuchen, noch weiter bis Hamburg zu kommen. Er hat schon mehrfach nach Reichenberg geschrieben und schließlich den Hinweis erhalten, sich an das Auffanglager in Wittenberge zu wenden, die ihn wiederum an die Behörden in Kirchmöser verwiesen haben. Ida drückt das Papier an die Brust und hält die Tränen zurück. Hinter ihrer Stirn vermählt sich Freude mit Schmerz. Er lebt. Sie lebt. Sie beide haben überlebt. Den Schmerz aushalten, den Toten einmal mehr ins Auge sehen. Am Abend schreibt sie zurück, er solle sich so schnell wie möglich zu ihnen auf den Weg machen, was wolle er denn überhaupt in Hamburg? Nein, zu ihr, Rosa und Almut solle er kommen, sie werde sich um die notwendigen Papiere und auch eine Arbeit kümmern. Und ja, er habe ganz richtig gelesen, Almut lebe inzwischen bei ihnen. Was weiß er, was hat er noch nicht erfahren? Weiß er, dass ihre Mutter, seine Schwester, in Wittenberge begraben liegt? (Was für ein Hohn des Schicksals, denkt Ida noch immer, sich im Aufbruch aus Reichenberg die Lunge zu entzünden, um kurz darauf in fremder Erde bestattet zu werden.) Sie wird ihm das Grab zeigen, wenn er kommt. Sie listet ihm die Toten auf, kratzt die Namen mit schwarzer Tinte auf das Papier. Am Schluss lässt sie Rosa und Almut noch je einen Gruß darunterschreiben. Als läge nur Kreuz aus, denkt Ida, als sie den Brief vor dem Zusammenfalten noch einmal liest.

Und dann kommt Mitte September ein zweiter Brief von Onkel Willi an. Wie groß ist seine Freude, sie endlich gefunden zu haben, wie groß ist die Erleichterung, sie am Leben zu wissen. Kommen sie zurecht, brauchen sie etwas, soll er was schicken? Lebensmittel, Kleidung, Geld? Er wird versuchen, alles aufzutreiben, auch will er sie so bald wie möglich wiedersehen. Aber nach Kirchmöser ziehen, das kann er nicht. Ida runzelt die Stirn und überfliegt suchend die Zeilen. Was heißt hier, er kann nicht? Er habe Gründe, schreibt er, sie solle es ihm nachsehen. Aber was denn für Gründe? Und warum spricht er sie nicht aus? Wie ist es zu verstehen, dass einer, der sich nie für politische Fragen interessiert hat, nun ausgerechnet die Britische der Sowjetischen Besatzungszone vorzuziehen scheint? Oder hat er wieder eine seiner Liebschaften angefangen und fühlt sich deshalb gebunden? Ida reicht den Brief wortlos an Rosa und Almut weiter und geht ihre Sachen packen. Es bedrückt sie, denkt Almut, und sie spürt dabei selbst ein schmerzhaftes Ziehen in der Brust. Manfred, der Ida zwei Stunden später zum Bahnhof begleitet, missversteht ihre Schweigsamkeit. Es bedrückt sie, denkt er, dass sie den Geburtstag von Almut verpasst. Das gesamte Wochenende wird Ida auf Lehrgang sein und er fährt zur Kreiskonferenz, auf der die ersten Zahlen zur Ernte verglichen werden, schlechte Zahlen, beunruhigende Zahlen mit Blick auf den nächsten Winter, der Sommer war zu heiß und damit zu trocken. Rosa ist ja da, tröstet er Ida, und zusammen werden sie sich einen schönen Tag machen. Ida nickt, ohne recht hinzuhören. Natürlich kommen die beiden Mädchen zurecht und es gibt nächste Geburtstage. Ein Geschenk hat Ida trotzdem dabei, als sie vom Lehrgang zurückkommt. Dunkelbraune und nur leicht abgetragene Stiefel in der Größe 39, die sind von einer Genossin aus der Schulung, deren Tochter in den letzten Monaten regelrecht in die Höhe geschossen ist. Ida hat der Genossin im Gegenzug ein Paar von ihren Schuhen in der Größe 41 abgegeben. Almut weiß nicht wohin mit ihrer Freude, schließlich umarmt sie Ida etwas ungeschickt. Die alten Kinderstiefel passen ihr ja wirklich nicht mehr, schon gar nicht mit dicken Strümpfen darin. Eigentlich waren sie schon im letzten September zu klein. Doch da lag die Mutter bereits unter der Erde, anstatt wie jedes Jahr an Almuts Geburtstag das Nähband aus der Schublade zu holen und sie von Kopf bis Fuß neu auszumessen. Diesmal hat Almut das Nähband am Vorabend ihres Geburtstags Rosa in die Hand gedrückt, und so ist es nun bewiesen, dass sie seit der letzten Messung an ihrem 13. Geburtstag ganze neun Zentimeter gewachsen ist. Nun ist sie also 1,66 m groß und 15 Jahre alt. Am nächsten Morgen wacht sie mit einem Reif aus 15 Blütenköpfen auf, immer abwechselnd weiße und violette Astern. Dazu liegt ein Brot mit Rübensirup auf dem Nachttisch bereit. Und während Almut noch im Bett frühstückt, packt Rosa bereits die Sachen zusammen: Badesachen, Handtücher und Äpfel. Sie wollen ja noch einmal schwimmen gehen, ein letztes Mal in diesem Jahr, denn auch sie können den Herbst schon riechen und sehen, wie die Vögel am Himmel fortziehen. Und sie bleiben zurück. Das Wasser ist schon kalt, obwohl sich die goldgelbe Altweibersommersonne noch alle Mühe gibt. Als sie sich zurück auf den Steg ziehen, zittert Almut am ganzen Körper, und nach einer Weile überträgt sich das Zittern auch auf Rosa, die Almut doch eigentlich wärmen will. Und da lässt Rosa plötzlich einen lauten Schrei aus ihrer Kehle, mit aller Kraft schreit sie los, und hört nicht wieder auf. Und ehe es sich Almuts Kopf anders überlegen kann, schreit auch sie den Himmel und die fortziehenden schnatternden Gänse an. Sie wollen gar nicht mehr aufhören. Danach fühlt sich alles an Almut so merkwürdig leicht an, als hätte sie sich selbst einmal von oben bis unten durchgeschüttelt, und Rosa geht es genauso, am Ende sind sie regelrecht nach Hause geschwebt.

An die Fahnenfabrik, Zwickau Sa.
7. Oktober 1947

Freie Spitzen in Kartoffeln und Gemüse sind in diesem Jahr nicht zu haben, aber etwas Futtermittel müsste zu beschaffen sein. Gibt es denn inzwischen neue Nachrichten zu unserer Bestellung, vielleicht sogar einen konkreten Liefertermin?

Freundschaft!
Peter Weigel

Nun ist es also offiziell: Manfred Heiser wird nach Berlin versetzt, weil sie ihn dort in der Bezirksleitung brauchen. Abteilung Volksbildung und Kultur, verstehst du? Manfred schaut Ida mit leuchtenden Augen an. Jetzt ist es also entschieden, er wird am Aufbau der sozialistischen Schule mitwirken. Ida nickt und weicht zugleich seinem Blick aus. Natürlich versteht sie seine Freude, aber sie versteht auch, dass sich ihre Wege an dieser Stelle trennen. Nun denn, so ist das und es war auch abzusehen. Aber so ist das doch gar nicht gemeint, ruft Manfred sofort und schlägt die Decke zurück. Er schwingt sich aus dem Bett und geht – nackt wie er ist – in die Knie. Wenn du willst, dann gehen wir alle – du und ich und die Kinder – zusammen nach Berlin.

Ida wird den Heiser also heiraten, genau wie Rosa es von Anfang an befürchtet hat. Zwei Zimmer wird Manfred beantragen, für Arbeit wird ebenfalls schnell gesorgt sein. Leute wie dich brauchen wir doch für den Aufbau der Berufsschule. Aber zuerst muss ihre Verbindung amtlich werden, damit es mit der Wohnungszuweisung klappt. Sie vereinbaren zügig einen Termin auf dem Standesamt und statt einer Hochzeitsfeier schlägt Manfred für das Wochenende darauf einen gemeinsamen Ausflug vor. Abschied nehmen von der Landschaft, von dem Kranz aus Seen, wie mit einem Pinsel zwischen Siedlungen getupft. Da die Fußgängernotbrücke noch nicht fertiggestellt ist, geht es mit der Seilfähre an der zerstörten Seegartenbrücke vorbei über den Wendsee nach Plaue. Von da aus laufen sie über die bereits instand gesetzte Plauer Brücke über die Havel, und dann wandern sie am Ufer des Plauer Sees entlang bis zum Quenzsee. Auf dem Rücken baumelt der Rucksack, darin befindet sich das Picknick, das Manfred für sie vorbereitet hat. Aber erst wird gelaufen. Wie sie schließlich nebeneinander auf einem umgestürzten Baumstamm sitzen, mit Blick über den See, und kalten Räucherfisch zum Brot verzehren (es gibt doch tatsächlich Butterbrote und Fisch zur Feier des Tages), könnte man sie fast schon für eine Familie halten. Ein schöner Gedanke, findet Manfred und trinkt einen Schluck lauwarmen Milchkaffee dazu, aber natürlich wäre es viel zu früh, ihn auch auszusprechen.

An den Jugendleiter Peter Weigel, Kirchmöser
18. November 1947

Die Lieferung Ihrer Bestellung:

1 blaue Fahne: 120 × 140 cm
2 blaue Fahnen: 90 × 110 cm

ist ab der übernächsten Woche möglich. Bitte entschuldigen Sie die lange Bearbeitungszeit aufgrund der bereits erläuterten Umstände. Die Details des Transportes sollten wir telefonisch besprechen. Außerdem möchte ich Ihnen schon jetzt für das Futtermittel danken. Vielleicht könnte unser Fahrer es auf dem Rückweg gleich mitnehmen?

Hochachtungsvoll
Fahnenfabrik Zwickau (Sa.)

Am 7. Dezember 1947 werden drei blaue Fahnen von Zwickau nach Kirchmöser geliefert und von Peter Weigel gegen zwei Säcke Futtermittel in Empfang genommen. Eine der beiden kleineren Fahnen stellt er neben seinem Schreibtisch auf und betrachtet sie lange. Schön ist das Kornblumenblau, ein richtiger Lichtblick in diesem Kabuff. Doch mehr an Freude will sich nicht einstellen. Wie groß war dagegen die Vorfreude zum Anfang des Jahres. Groß war auch die Erwartung von Elfriede Riebauer, als ihr Mann an einem Nachmittag

Ende November endlich vor der Tür stand. Und nun sitzt er den lieben langen Tag in der Küche am Ofen herum und ist in einem miserablen Zustand. Sagt nichts, macht nichts, stattdessen schreit er manchmal aus dem Nichts heraus das ganze Haus zusammen.

Manfred Heiser ist schon in Berlin, und noch ehe das nächste Jahr richtig angefangen hat, wird ein Lastwagen Ida, Rosa und Almut ebenfalls nach Berlin bringen. Ida, die neuerdings Heiser heißt, schüttelt beim Packen und Verschnüren der Dinge den Kopf. So schnell geht das also und so schnell ist ein ganzes Jahr herum. In der Verwaltung werden kurz vor Weihnachten bereits die ersten Jahresberichte getippt: 36 Eheschließungen bislang (in der Liste ganz unten das Ehepaar Heiser), dazu 84 Geburten und 196 Sterbefälle bis Mitte Dezember. Vor allem das Umsiedlerlager hat die Friedhöfe in Anspruch genommen. Der Ostfriedhof musste im Zuge dessen erweitert werden, es wurde neuer Raum für 700 Grabstellen geschaffen. Die Wohnraumbeschaffung bereitet nach wie vor große Schwierigkeiten (und die Bevölkerung reagiert auf die Beschlagnahme von Wohnraum immer noch mit Ablehnung und Verständnislosigkeit). Dazu ist es trotz zahlreicher Bemühungen nicht gelungen, die Freigabe der Ostschule zu erwirken. An der Westschule wurden in diesem Jahr 951 Schüler von nur 26 Lehrern in 23 Klassen unterrichtet. Die Herbstferien wurden in diesem Jahr gestrichen, um dem Unterrichtsausfall im Winter vorzubeugen.

Die Badeanstalt konnte während der Sommermonate für den Badebetrieb wieder freigegeben werden. Die Schutzpolizei verzeichnet 2 Selbstmorde und einen Unglücksfall mit tödlichem Ausgang. Kein Mord in 1947, keine Vergewaltigungen wie im letzten Jahr. Es wurden 29 Fahrraddiebstähle und 67 weitere Diebstähle gemeldet. Dazu kamen 128 Forst- und Felddiebstähle, 56 der ermittelten Täter waren Kinder und Jugendliche.

Die Ernährungslage ist leider nicht besser, sondern eher noch schlechter geworden. Die Qualität der Nahrungsmittel ist zurückgegangen und wird voraussichtlich weiter zurückgehen, denn auch in diesem Jahr hatte die Landwirtschaft mit vielen Problemen zu kämpfen. Der harte Winter hat viel Schaden verursacht und der regenlose Sommer tat sein Übriges dazu. Die Viehbestände sind gering und die Gespanne der Bauern immer noch in einem völlig erschöpften Zustand. Das Abgabesoll konnte nur zum Teil und unter schwersten Bedingungen erbracht werden. Die schwierige Transportlage trug ebenfalls dazu bei, dass es der Gemeinde unmöglich wurde, die Versorgung der Bevölkerung mit Lebensmitteln, Verbrauchsgütern und Brennmaterialien ausreichend zu sichern. Auch die örtlichen Handwerksbetriebe wurden dadurch in ihrer Arbeit behindert.

Die Kohlenlieferung ist nach wie vor knapp und nur auf dem Landwege möglich. Nach einer Zusage von Halle braucht die Gemeinde Kirchmöser aber wegen ihrer besonderen Konstitution ab 1948 wenigstens keine neuen Umsiedler aufzunehmen.

In der Versorgung der bislang hier angekommenen Umsiedler stellte die Ortsgruppe des im März gegründeten demokratischen Frauenbundes (vormals antifaschistischer Frauenausschuss) eine große Einsatzbereitschaft unter Beweis. In den ersten Monaten des Jahres sind allein drei neue Umsiedlertransporte angekommen, weitere Transporte folgten über das Jahr verteilt. Es wurden zwei Nähstuben eingerichtet, die rege sowohl von den Umsiedlern als auch der einheimischen Bevölkerung in Anspruch genommen werden. Außerdem hat der Frauenbund eine Sammlung an alten Kleidungsstücken, Strickzeug und Stoffen durchgeführt. Der Ertrag wurde in den Sprechstunden ausgegeben oder in den Nähstuben eigenhändig verarbeitet. Dazu unterstützt der Frauenbund die Gemeinde bei den dringlichsten Versorgungslücken. In der neu eingerichteten Volksküche konnten insgesamt 3600 Portionen Essen an besonders Bedürftige ausgegeben werden. Für den seit Juni bestehenden Kindergarten besorgt der demokratische Frauenbund Gemüse, Obst und lose Wurst, außerdem Sacherin und Vitamintabletten. Zu Ostern hat er 300 Eier an Kranke und Alte verteilt. Am letzten Wochenende wurde in Zusammenarbeit mit der FDJ ein Weihnachtsfest mit Theateraufführung im Lindenkrug organisiert, das gut besucht war und der Kasse einen enormen Aufschwung gab. Mehr als 50 Waisenkinder (überwiegend aus dem Umsiedlerlager) erhielten daraufhin ein Geldgeschenk von je 2 Mark.

Kurz nach Weihnachten setzt sich auch Peter Weigel an seine Schreibmaschine und nutzt die Zeit zwischen den Jahren für seinen Bericht. Neben dem Auftritt auf der Weihnachtsfeier des Frauenbundes hat die neue Laientheatergruppe Kirchmöser ihr buntes Programm »Schwalbengeflüster« noch drei weitere Male erfolgreich aufgeführt. Für Februar und März nächsten Jahres sind dazu Gastauftritte in Wusterwitz und Genthin geplant. Eine mittelgroße Baracke in der Uferstraße wird 1948 voraussichtlich zum Jugendheim ausgebaut. Geplant sind ein Versammlungsraum für kleinere Treffen und politische Diskussionen, außerdem ein Büro für ihn sowie ein größerer Raum für die Veranstaltungen. Er wird einen neuen Kulturfunktionär brauchen. Peter seufzt und betrachtet kurz seine Nägel. Dann tippt er weiter. Es war ein gutes Jahr, so viele kleine Schritte sind sie vorangekommen, und dennoch muss im nächsten Jahr aus einer Jugendbewegung, die Theater spielt und über Politik diskutiert, eine Jugendbewegung werden, die Politik macht, die ein Hebel des Neuaufbaus ist, ein Motor, um andere aus ihrer Lethargie –

Mitten im Satz hält er inne und starrt auf die Zeilen, schiebt nach einer Weile den Stuhl zurück, steht auf und greift nach seinem Mantel an der Tür. Wenige Minuten später steht er vor dem Haus in Nähe des Thälmann-Platzes, der vor drei Jahren noch Göring-Platz hieß. Peter steht unten vor dem Haus und wirft einen kleinen Stein. Einer genügt. Nach einem kurzen Blick aus dem Fenster zieht Rosa ebenfalls ihren Mantel über und schließt hinter sich die Tür.

Und dann habe sie ihn geküsst, erzählt Rosa, und sie erzählt es flüsternd weiter, ich weiß auch nicht, warum ich gerade flüstern muss. Sie erzählt es wie ein Geheimnis, dieses erste Mal, diesen ersten Kuss. Er habe sie ja immer schon so angesehen, auch Almut ist es natürlich aufgefallen, spätestens bei ihrem Ernteeinsatz im Sommer. Und doch hat er mit ihr immer nur über die Arbeit gesprochen. Unten auf der Straße wollte er schon wieder von irgendeinem Bericht erzählen, da ist Rosa mit ihrem Gesicht ganz nah an ihn herangekommen und hat ihn gefragt, ob er sich traut. Das hast du nicht! Hab ich doch! Nein! Aber ja! Und dann? Eine Weile hat er sie nur angeschaut, gekribbelt habe dieser Blick auf der Haut, flüstert Rosa, und dann haben sie sich geküsst. Im ersten Moment ganz leicht, aber dann hat sie seine Zunge gespürt und da hätte Rosa am liebsten die Augen geschlossen. Hat sie aber nicht, denn sie wollte doch wissen, ob er beim Küssen die Augen schließt. Einander angeschaut haben sie sich. Zwischen den Küssen hat Peter dann plötzlich gefragt, ob sie ihm schreiben wird. Was soll man da antworten? Almut seufzt leise auf und nickt dazu, sie versteht sofort, was Rosa meint. Sie wissen ja noch gar nicht, was in Berlin mit ihnen wird und überhaupt, was in der nächsten Zeit passiert. Also vielleicht wird Rosa ihm schreiben. Vielleicht aber auch nicht.

6 BERLIN (II)

Eine Stadt wie viele Dörfer, dicht aneinandergedrängt. Die Straßen dieser Dörfer führen in die Welt hinaus, sobald man die Wege hinter den Namen liest und versteht, dass die Reichenberger Straße nicht nur wahlweise zum Kottbuser Tor oder zum Landwehrkanal führt, sondern dazu nach Liberec weist, und auch die Schlesische Straße, die Wiener Straße, die Skalitzer Straße und Warschauer Straße sind Straßenname und Wegweiser zugleich. Der halbe Friedrichshain scheint in Richtung Ostsee zu führen, nach Petersburg, Riga und Tilsit. Wie viele Bahnhöfe die Stadt einmal hatte. Wie viele Menschen hier Jahr für Jahr ankamen, um zu bleiben oder weiterzuziehen. Unter ihnen acht böhmische Familien, die sich im 18. Jahrhundert vor den Toren der Stadt als Gärtner ansiedeln. Doch der Boden um das Vorwerk Boxhagen erweist sich als sandig und ungeeignet für die geplanten Anpflanzungen. Ende des 19. Jahrhunderts setzt stattdessen eine großflächige Wohn- und Industriebebauung ein. Nach der Eingemeindung 1920 wird der neue Bezirk nach dem Volkspark Friedrichshain benannt. Vor allem Arbeiter leben hier, wie die Arbeiter des Glühlampenwerks Osram, das später VEB Berliner Glühlampenwerk Rosa Luxemburg und noch später DDR-Kombinat Narva heißen wird. Und die Arbeiter nennt man in dieser Zeit Werktätige. Nach dem Mauerfall und der Einstellung der Glühlampenproduktion ziehen in den 2000er-Jahren vor allem Studenten in den Bezirk. Auf den Straßen hört man sie englisch, deutsch, französisch, polnisch und spanisch sprechen. Das Durchschnittsalter liegt bei 38 Jahren und der Anteil an Freiberuflern und Familien ist besonders hoch. Die Durchschnittsmiete im Friedrichshain zählt inzwischen zur teuersten der Stadt.

– 1 –

Elli sei ihr schon als Kind erstaunlich selbstsicher vorgekommen, meint Almut und verteilt dabei mehrere Kleckse Sonnencreme in ihrem Gesicht. Dazu kam diese Zuversicht, als gäbe es nichts auf der Welt, das ihr Angst machen könnte.

Es ist ein heißer Tag, 37 Grad im Schatten, die Wiesen im Volkspark sind voller Menschen, überall liegen sie auf Decken und Handtüchern im Gras. An den Bäumen lehnen die Fahrräder, darunter auch Kristines weiß-blaues Rennrad und Adas gelbes Kinderfahrrad. Ada spielt, lediglich mit Schlüpfer, T-Shirt, Brille und Kopftuch bekleidet, an dem kleinen Bachlauf neben dem Teich, und Kristine und Almut haben ihre Sachen auf einer Bank in Sichtweite ausgebreitet. Zwei große Flaschen Wasser (still), Obstkuchen (Rhabarber und Apfel), den Kristine mit einem Messer in Vierecke teilt, eine Tupperdose mit Melonenstücken und Weintrauben, Sonnencreme, eine Zeitung und ein Strohhut. Vom Café Schönbrunn herüber riecht es nach gegrilltem Fleisch und gebackenen Kartoffeln.

Almut setzt sich den Strohhut auf und cremt nun auch die Arme und Hände ein. Sie erinnert sich noch gut an ihre Tochter Elli in der Vorschulzeit: Ein hochgewachsenes, schlaksiges Mädchen mit Topfhaarschnitt und Latzhose, das schnell Kontakte zu anderen Kindern knüpft. Im Kindergarten, auf der Straße, im Hinterhof. Das auf

Bäume und über Mauern klettert und Spinnen oder Käfer über ihre Hände krabbeln lässt. Das es kaum erwarten kann, in die Schule zu kommen. Ein Kind, das jede neue Situation als ein willkommenes Abenteuer versteht.

Ada wartet lieber ab, sagt Kristine und schaut zum Bachlauf hinüber. Als müsse sie zunächst einmal die Lage sondieren, alle Eventualitäten bedenken. Auch jetzt steht sie da und beobachtet eine Gruppe von Kindern, die aus Ästen und Steinchen einen Damm bauen.

Almut legt die Hand über die Augen und schaut nun ebenfalls zum Bachlauf hinüber. Sie nähert sich an, sagt sie schmunzelnd und zieht sich im nächsten Moment die Pappe mit dem Apfelkuchen heran. Aus ihrer Handtasche holt sie zwei Löffel und reicht einen davon an Kristine weiter.

Kristine nimmt ein Stück von dem Rhabarberkuchen. Woran es wohl liegen mag, dass manche Kinder sofort auf alle Bäume klettern? Und andere Kinder eher zurückhaltend sind? Lebt sie Ada die Zurückhaltung vielleicht sogar vor? So ein Kind wie Elli ist Kristine ja selbst nicht gewesen.

So war ich aber auch nicht als Kind, wirft Almut ein. Sie kaut langsam und nimmt nach jedem zweiten Bissen einen Schluck Wasser hinterher. Dann schaut sie wieder zum Bachlauf. Vielleicht beobachtet Ada auch einfach nur gern.

– Aber irgendwann muss man doch auf den Baum.

– Muss man?

Kristine zögert einen Moment, und zuckt schließlich kurz mit den Schultern.

– Je länger man unten bleibt, desto größer wird zumindest die Angst.

Almut schraubt den Deckel mühsam auf die Flasche zurück. Sie erinnert sich noch gut an das Gefühl. Die wachsende Angst – nicht vor der Höhe, sondern vor der Tiefe unter ihr, aber vielleicht ist das im Grunde auch das Gleiche. Die Angst, den Boden unter den Füßen zu verlieren, ausgeliefert zu sein, die Scham sogar vor Rosa. Und sie erinnert sich an das Gefühl von Freiheit, als sie endlich schwimmen konnte. Na gut, sagt sie schließlich mit einem leichten Seufzen, auf einen Baum komme ich nicht mehr, aber mit den Füßen ins Wasser schon.

Wenige Minuten später stehen Kristine und Almut mit nackten Füßen im Bachlauf und beobachten Ada, die inzwischen zusammen mit den anderen Kindern an dem Staudamm baut.

– Man muss tatsächlich nicht auf jeden Baum, sagt Almut plötzlich, nur weil es die anderen tun.

Kristine nickt. Und doch vermisst sie manche Erfahrungen.

– Zum Beispiel? Almut fasst nach Kristines Arm und hebt abwechselnd die Beine etwas an. Das kalte Wasser tut den von der Hitze geschwollenen Füßen gut.

– Die Erfahrung, für eine längere Zeit mal woanders

zu leben. In England zum Beispiel oder wie Elli ein Jahr in New York. Das vermisst sie zuweilen schon. Berlin sollte im Grunde nur der Anfang sein, die erste Station. Aber dann ist sie doch hängen geblieben.

– Dann wäre auch mein Englisch besser, sagt Kristine.

– Meines ist schlechter.

– Das zählt aber nicht, sagt Kristine lachend. Du bist eine andere Generation, dir verzeiht man das.

– Dir nicht?

Kristine schüttelt schmunzelnd den Kopf. Sie winkt kurz zu Ada herüber, die nach ihnen Ausschau hält, sich aber sofort wieder dem Sammeln von Steinen widmet, nachdem sie sie entdeckt hat.

– Vielleicht mache ich es, wenn Ada groß ist. Oder schon vorher mit Ada zusammen.

– Hans wäre auch gern für ein, zwei Jahre nach New York gegangen.

– Tatsächlich?

– Ja. Almut nickt und spritzt jetzt mit ihrem Fuß ein wenig Wasser auf. Wir haben darüber nachgedacht. Und dann bin ich krank geworden.

– 2 –

Danebenstehen heißt, sich raushalten wollen, sagt Ida und legt Rosa den Aufnahmeantrag der SED vor. Doch Rosa schüttelt den Kopf. Ich will das selbst entscheiden können, sagt sie, und schiebt den Antrag etwas zur Seite.

Was gibt es da noch zu entscheiden?, fragt Ida und legt ihrer Tochter die Hand auf die Schulter. Das ist doch keine private Sache zwischen dir und mir.

Die bürgerliche Gemeinschaft konzentriert sich auf die privaten Beziehungen zwischen Menschen, notiert Ida sich im Herbst 1949 für einen Vortrag im Rahmen ihres gerade begonnenen zweijährigen Studiums an der Parteihochschule Karl Marx. Die sozialistische Gesellschaft ist dagegen an den gesellschaftlichen Beziehungen zwischen Menschen interessiert. Indem ihre Mitglieder bewusst ihre Entwicklung und gegenseitigen Beziehungen zum Wohle aller gestalten – mitplanend, mitarbeitend und mitregierend –, entstehen schöpferische und verantwortungsbewusste Gemeinschaften, die auf gemeinsamen Anschauungen, Interessen und Zielen beruhen. Dabei brauchen wir keinen Wankelmut, kein Abwarten, sondern aktive Mitstreiter und Mitgestalter. Nun gibt es aber auch unter uns einige Genossen und Genossinnen, die mitunter in bürgerliche Denkmuster zurückfallen, z. B. wenn es um ihre alten Heimaten geht. Ihnen sage ich: Lasst uns ein Vorbild sein! Es gibt schon zu viele, die ihr Heimweh auf eine private, sentimentale Weise pflegen. Die sich sogleich zusammenrotten und miteinander verkriechen wollen, sobald sie bei irgendjemanden den gleichen Dialekt erkannt haben. Diese Sentimentalitäten gilt es zu überwinden. Der Krieg war kein Versehen! Schluss also mit diesem rückwärts gewandten Jammerton, mit dieser Neigung zum Selbstbedauern, anstatt das Neue anzupacken.

Unser Land ist nun die Deutsche Demokratische Republik und unsere Heimat ist der gesellschaftliche Auftrag, den wir immer und überall in uns tragen. Überall gibt es schöne Landschaften. Also merkt euch doch nicht die Landschaften, Genossen, merkt euch das Unrecht, das in ihnen geschehen ist oder noch geschieht.

Viele von uns mussten hier praktisch von null anfangen, und immer noch gibt es jene, die auf uns herabschauen, weil sie selbst fast alles behalten haben. Diese Ungleichheit in den gesellschaftlichen Beziehungen wird sich verändern! Sie wird sich durch uns ändern und durch alle, die an unserer Seite sind. Die Bodenreform war erst der Anfang. Wir sind das Streiten und Kämpfen gewöhnt, wir werden nicht einfach ankommen und zur Ruhe kommen. Das hätten sicher manche gern, und gerade sie werden sich umschauen lernen. Nicht der Besitz schafft mehr Gleichgesinnte, nicht der Ort, an dem einer geboren ist, nicht die Familienbande oder das Blut, das so viele dem Führer zu opfern bereit waren, nein, die gesellschaftliche Haltung ist entscheidend. Wir entziehen den Einheimischen den Besitz und verteilen ihn neu, wir trennen die Sippschaften der Umsiedler, denn so werden alle gleichermaßen gezwungen, sich in die neue sozialistische Gesellschaft zu integrieren. Und unsere Schule wird das Bild des neuen, für die sozialistischen Werte kämpfenden Menschen in die Herzen ihrer Kinder und Enkelkinder senken. Wenn Gerechtigkeit herrschen soll und Gleichheit in den Beziehungen der Menschen, dann darf man nicht zögerlich sein.

Das alles schreibt Ida mit einem Bleistift auf ein Stück Papier, und als sie den Vortrag vor dem Spiegel übt, weiß sie, dass sie angekommen ist auf der Landkarte ihrer neuen Welt. In der Hochschule zeigt man sich beeindruckt von ihrer Rede. Ja, sie hat etwas zu sagen und sie wird in Zukunft noch viel mehr zu sagen haben. *Und nun versucht noch mal, mich als Dahergelaufene zu beschimpfen!*

Und Rosa unterschreibt den Antrag auf Aufnahme in die Partei, weil sie nur so ein vages Bauchgefühl hat, aber keine vernünftige Antwort auf die Frage, warum sie ihn nicht unterschreiben sollte.

Zwei Jahre später unterschreibt ihn auch Almut, und ihre tintenblaue Unterschrift ist das private Bekenntnis einer 18-Jährigen zu den beiden Menschen, die sie noch aus einem anderen Leben kennt. Zudem zeugt ihre Unterschrift von einer Zuversicht und dem Wunsch nach einer festen Bindung an die neue Gesellschaft und den neu gegründeten Staat, in dem sie nun lebt.

7 IRGENDWO (IN BRANDENBURG)

Der Feldweg ist ein antikes Längenmaß.
Ein Feldweg = 125 Schritte.
Ein Schritt = fünf Fuß.
625 Fuß = 190 Meter.

Als Wirtschaftswege führen Feldwege an Wiesen, Wäldern und Feldern vorbei. Sie dienen der Erschließung und Bewirtschaftung der landwirtschaftlichen Nutzflächen, der Erholung und der Holzabfuhr. Ab 1952 werden im Zuge der Kollektivierung auf dem Gebiet der DDR einzelbäuerliche Betriebe zu Produktionsgenossenschaften zusammengelegt. Diese neue, großflächige Bewirtschaftung verändert auch das bestehende Wegenetz. Jahrhundertealte Feldwege und Grenzsteine werden beseitigt und neue Feldwege jenseits der einstigen Eigentumsverhältnisse angelegt. Ab 1990 lösen die neuen und verschwundenen Wege im Zuge der Rückübertragungen Nutzungskonflikte aus, die mithilfe von Flurbereinigungsverfahren behoben werden.

Purpurne Abendröte, ein Licht wie im Süden, denkt Almut, die noch nie im Süden war. Wo beginnt der Süden überhaupt? Es ist der letzte Tag im August 1960, am Himmel ziehen einige Gänse, schnatternd malen sie geometrische Formen in die Luft. Almut denkt an den ersten Schultag morgen, an die Bücher und Materialien zu Hause auf dem Tisch. Vor ihr schlendert Rosa den Feldweg entlang, dreht sich um, dreht sich einmal mit ausgebreiteten Armen im Kreis, läuft ein paar Meter rückwärts weiter voran, ach, komm schon, ruft sie Almut zu, als sie deren gekräuselte Stirn sieht, morgen ist der heutige Tag doch schon wieder vorbei. Tage wie dieser. Wiesen und Äcker liegen kurz geschoren im warmen Abendlicht. Der Wald dahinter: eine dunkle Silhouette wie aus einem Scherenschnitt. Rosa holt tief Luft. Feld-Luft, Heuballen-Luft, Vogel-Luft, Kornblumen-Luft, Eidechsen-Luft, Ameisen-Luft, Mohnblüten-Luft. Noch keine stickige Schul-Luft, keine verbrauchte Appell- oder sonstige Versammlungs-Luft, keine Reden- und Parolen-Luft. Du übertreibst, Rosa. Almuts Stimme klingt plötzlich ärgerlich. Rosa steckt ihr eine Mohnblüte ins Knopfloch der hellblauen Bluse, sie zerfällt sofort. Die federleichten Blütenblätter segeln langsam zu Boden. Leuchten rot im braungrauen Sandboden, auch ihre bloßen Füße sind schon ganz staubig, die Sandalen in den Händen sind es ebenfalls. Die Wasserflasche im Rucksack ist längst leer. Almut schaut einmal mehr auf die Uhr. Und wenn jetzt kein Zug mehr fährt?, fragt sie und bekommt es langsam mit der Angst zu tun. Viel zu spät sind sie vom See aufgebrochen,

Ernst wird sich schon fragen, wo sie bleibt. Warum hat sie sich nur von Rosa überreden lassen, dieser ganze Ausflug ist doch Unsinn, wo morgen alles wieder losgeht, wo sie ausgeschlafen sein will, immer lässt sie sich von Rosa zu solchen Sachen überreden. Lieber hätte sie den Tag dazu genutzt, noch einmal in ihre Unterlagen zu schauen, auch wenn es schön war, im See zu schwimmen, aber ja, das fand sie schön. Sie hat ja selbst die Zeit vergessen. Doch jetzt hat sie wieder diese Unruhe im Bauch, von der sie annimmt, dass sie Rosa nicht kennt. Am liebsten würde ich hier übernachten, seufzt Rosa prompt, und zeigt mit ausgestreckten Armen über das Feld, als wäre es ihr Königreich. Almut gibt ihr einen leichten Stoß. Du vergisst schon wieder die Schule, mahnt sie, in einem gespielt belehrenden Tonfall, und muss nun doch leicht schmunzeln. Sie denkt an die Mädchen und Jungen mit ihren noch viel zu großen Ranzen auf den schmalen Rücken, wie sie die Schule und dann den Klassenraum betreten, die meisten von ihnen aufgeregt oder schüchtern oder beides zugleich. Erst nach zwei, drei Stunden werden sie ruhiger und erst nach zwei, drei Wochen werden sie wirklich angekommen sein, in der Gruppe, im Raum, in ihrer Bankreihe, mit den aufgeschlagenen Büchern und Heften vor sich, den Blick nach vorn auf die beschriebene Tafel gerichtet. Kreideworte, Kreidefinger. Wie ein Wort durch das Zusammenfügen von Buchstaben entsteht, wie es andere Worte enthält, wenn man einzelne Buchstaben hervorhebt. Die geheimen Orte und Versprechen der Sprache. Sie wird in den ersten Minuten ebenso aufgeregt wie die Kinder sein und ihnen Wortbilder und Rätsel zur Begrüßung an die Tafel malen. Almut legt den Kopf zur Seite, blinzelt Rosa zu. Wie sehr sie ihren Beruf liebt, während er für Rosa zunehmend zur Qual wird (und nun sind die großen Ferien schon wieder vorbei). Warum zwingt man uns ständig, die Kinder zu bevormunden, fragt Rosa sich und Almut immer wieder, warum muss ich sie denn nach *einem* bestimmten Bilde formen? Almut versucht, Rosas Not zu verstehen, ohne sich davon selbst verunsichern zu lassen, warum soll es denn auch gleich eine Bevormundung sein, wenn sie mit den Kindern über Gedichte oder sozialistische Werte diskutiert? Das Ergebnis der Diskussion steht doch längst fest, meint Rosa, und das wiederum, findet Almut, stehe doch für Rosa viel zu schnell fest. Rosa schüttelt den Kopf. Du sollst denken und fühlen und handeln wie es im Schulbuch und in den Zehn Geboten steht. Und wer davon abweicht oder wem die Gebote an sich nicht behagen, steht auf der anderen Seite. Das ist der Feind. Und seine Worte und Gedanken werden gefährlich genannt. Du übertreibst, sagt Almut unsicher und versucht, ihre eigenen Gedanken im Kopf zu sortieren. Was soll daran falsch sein, sich im Denken und Handeln von bestimmten Werten leiten zu lassen? *Wir Jungpioniere sind gute Freunde und helfen einander.* Was ist daran falsch? *Wir lieben unsere Deutsche Demokratische Republik und wir lieben auch unsere Eltern*, ergänzt Rosa mit spöttischer Miene. Was ist denn umgekehrt daran richtig, die Kinder auf Gefühle zu verpflichten, in ihre Köpfe und Herzen hineinzukriechen, ihre Köpfe und Herzen lenken zu wollen? Warum verlangen wir von ihnen, kaum haben sie das Lesen und Schreiben gelernt, Gesinnungsaufsätze und Bekenntnisse ab, deren Inhalte sie mit unserer Hilfe auswendig lernen? Und dann sprechen wir sie gemeinsam im Chor: *Wir lieben und schützen den Frieden und hassen die Kriegstreiber. Wir treten immer und überall gegen die Hetze und die Lügen der Imperialisten auf.*

Und wenn ich nicht im gesellschaftlichen Auftrag lieben oder hassen will?, ruft Rosa gegen Almuts Stirnrunzeln an, wenn ich das Wort Hetze einfach nicht in den Mund nehmen will? Wenn ich all diese Sätze nicht sagen will, sie auch nicht im Chor sprechen will? Bin ich dann *für* Kriegstreiber und *gegen* den Frieden? Bin ich das dann?

Dabei haben wir doch schon einmal im Chor gesprochen, erinnert sich Rosa, und Almut schnürt sich die Brust zusammen, das ist doch was anderes, sagt sie leise und bekommt feuchte Augen dabei, das kannst du doch nicht vergleichen.

Almut spürt in diesen Momenten, wie ihr diese und andere Fragen von Rosa in den Kopf hineindringen, wie sie von ihren Gefühlen und Gedanken Besitz ergreifen, und dann kann es passieren, dass sie sich nicht mehr auszukennen scheint, dann weiß sie plötzlich nicht mehr, wo die Trennlinie zwischen richtig und falsch verläuft.

Doch auch Rosa ist längst nicht so sicher, wie sie im

Sprechen vorgibt, was, fragt sie sich manchmal insgeheim, wenn sie selbst auf der falschen Fährte ist, mit ihrem Unmut gegen die eine verpflichtende Moral und den einen Klassenstandpunkt, was, fragt sie Almut manchmal flüsternd ins Ohr, wenn ich längst keine Mitstreiterin mehr bin?

Vielleicht ist es auch der Beruf, der Erziehungsauftrag an sich, der nicht zu ihr passt, eigentlich wollte sie ja gar nicht in die Schule, sondern ans Theater gehen, nur wo kommen wir denn hin, hatte Ida gesagt, wenn es jedem nur um sein eigenes Wollen in der Arbeit geht. (Wie schwer es doch ist, die Interessen des Einzelnen mit den Interessen der Gemeinschaft in Einklang zu bringen, hatte Rosa damals gedacht.) Und dann hat sie sich doch nach der Absage der Schauspielschule für das gemeinsame Studium mit Almut entschieden. Lehrer werden schließlich immer gebraucht und überhaupt, so Ida, könne sie froh sein, überhaupt zu studieren. Und Rosa war froh über die gemeinsamen Wege mit Almut, morgens zur Hochschule, in den Pausen zwischen Hörsaal und Seminarraum hin und her, am Nachmittag noch in die Bibliothek oder in ein Museum, in den Park oder nach Hause.

Sie bleibt kurz stehen, streckt den Arm aus und nimmt Almuts Hand. Eine Weile laufen sie so. Der Feldweg schlägt einen leichten Bogen, führt an einer alten, verfallenen Scheune vorbei, umsäumt von Brennnesseln und Brombeerhecken. Purpurne Fingerspitzen, pur-

purner Mund. Eine Amsel hüpft vor ihnen im Gras. Almut schaut abermals auf die Uhr. Wir werden schon rechtzeitig da sein, verspricht Rosa und greift nach einer nächsten Beere, und wenn doch kein Zug mehr fährt, nimmt uns schon jemand mit. In dieser verlassenen Gegend! Almut überschlägt im Kopf die Kilometer. Noch ein, zwei Stunden, bis die Sonne untergegangen sein wird, bis es dunkel und auch kühler wird. Ich muss mal, ruft sie Rosa zu, steigt vorsichtig über die Brennnesseln und verschwindet hinter der Scheune.

Alte, knorrige Apfelbäume, acht oder neun Stück, dahinter ein Graben mit Wasser gefüllt. Almut zieht den Schlüpfer hoch, streift den Rock herunter, streicht ihn glatt und bahnt sich einen Weg durchs hohe Gras. Taucht die Hände in das dunkle, warme Wasser des Grabens. Plötzlich ein Schatten neben ihr, Rosas Gesicht, das mit ihrem Gesicht im Wasser verschwimmt.

In der Ferne ist nun die Landstraße zu sehen, sie führt an Wiesen und Feldern vorbei ins Dorf, das eine kleine Bahnstation hat. Almut wird sich Jahre später zwar an den Bahnsteig, aber nicht mehr an den Namen des Dorfes erinnern können, und so wird dieser Ort in ihrem Kopf zum Irgendwo. Es wird nun schon langsam kühler, ein leichtes Frösteln legt sich auf ihre sonnengebräunte Haut. Wie auf geheimes Zeichen hin rennen sie beide unvermittelt los, erst nebeneinander auf den beiden Sandspuren rechts und links, in der Mitte die trennende Grasnarbe. Nach einer Weile ist Almut vorn, wechselt mit einem kleinen Sprung auf die grüne, weiche Linie, während Rosa in ihrem Rücken aufkreischt, sie kurzzeitig aufholt und schließlich wieder zurückfällt. Almut läuft mit lockerem Schritt, der Atem fließt gleichmäßig durch Nase und Mund, mit den Kräften haushalten und durchhalten können, das hat sie gelernt. Sie läuft und läuft in die Weite der Landschaft hinein. Läuft in die Weite ihres Kopfes hinein, der nicht mehr schaut und auch nicht denkt. Als der Feldweg schließlich auf die Landstraße trifft, bleibt sie stehen, dreht sich um, wartet auf Rosa. Ich dachte schon, dir geht nie die Puste aus, ruft Rosa, als sie herankommt. Sie stützt sich keuchend mit einer Hand auf Almuts Schulter ab, die andere Hand fingert ein spitzes Steinchen vom Fußballen.

Ich muss dir noch etwas sagen, flüstert Rosa, als Almut weitergehen will. Das ist der letzte gemeinsame Tag. Bevor sich alles verändert. Wieder verändert, korrigiert Almut den Gedanken später für sich.

8 Magdeburg

»Im zentralen Afrika
und in Südamerika
wächst der Baum, der so begehrt,
weil er Palmkernöl beschert.

Hier legt grad ein Frachter an,
und der große Hafenkran
lädt die Palmkernfrüchte aus.
Später macht man Öl daraus.«

aus: Ölfrüchte und deine Gesundheit – Ein Lehrspiel über die Margarine mit Bildern aus aller Welt, herausgegeben vom VVB Öl- und Margarineindustrie Zentrale Werbeleitung, Magdeburg, 1960

Almut sitzt mit dem Rücken zum Fenster. Vor ihr auf dem Tisch liegen Fotos von Rosa und ihr, darunter auch eines aus dem Sommer 1960. Es ist etwas überbelichtet: Rosa, die sie von hinten umarmt, den Kopf an Almuts Wange geschmiegt, ihre dunklen Locken kitzeln Almut am Hals. Nur wenige Wochen später verändert sich alles. Es ist der 18. September. An jenem Sonntag sitzt Rosa am Vormittag mit nichts als einer Handtasche auf dem Schoß in der Berliner S-Bahn und sieht durch das Fenster, wie die Bahn die Sektorengrenze nach Westberlin passiert. Almut bleibt an der Frankfurter Allee zurück und starrt auf die Gleise, bis ein Volkspolizist sie auf ihr Verhalten anspricht. Sie läuft nach Hause und dort angekommen, wäscht sie das Geschirr vom Frühstück ab, räumt die kleine Wohnung auf, wischt den Boden, wäscht schließlich auch sich selbst, föhnt sich die Haare, und als der Mann, mit dem sie sich wenige Wochen zuvor verlobt hat, am Abend von dem Besuch bei seinen Eltern zurückkehrt, essen sie ein paar belegte Brote in der Küche, Ernst öffnet sich noch eine Flasche Bier dazu, dann legen sie sich zusammen ins Bett.

Am nächsten Morgen, als sie aufsteht, ist er schon aus der Tür, sie trinkt einen Kaffee und isst ein paar Kekse dazu, dann schultert sie ihre Tasche und fährt mit der Straßenbahn zur Schule. Schon in der zweiten Stunde kommt der Anruf. Sie wird aus der Klasse geholt, die Sekretärin reicht ihr den Hörer über den Schreibtisch. Sie kann das Entsetzen in Idas Stimme hören. Hat sie davon gewusst? Kennt sie den Inhalt des Briefes, den sie,

Ida, am Morgen im Briefkasten gefunden hat? Kennt sie ihn längst? Almut kann den Schmerz in Idas Stimme hören. Das ist der Anfang von vielen Befragungen. Seit wann wussten Sie von dem Fluchtvorhaben? Was genau wussten Sie? Warum haben Sie es nicht angezeigt? In welcher Beziehung standen Sie zu Frau Rosa Steiner? Almut streitet nichts ab, wie es ihr Rosa doch so eindringlich geraten hat, und als es zum Parteiverfahren kommt, schweigt sie zu allen Vorwürfen, anstatt sich von Rosa zu distanzieren. Es folgen der Ausschluss aus der Partei und die Entlassung aus dem Schuldienst. Dann der Zusammenbruch. Die Welt in ihrem Kopf fällt auseinander, verliert ihr oben und unten und setzt sich nicht wieder zusammen.

Über Wochen fühlen Almuts Glieder nichts, als seien sie ihr eingeschlafen, nichts als Taubheit auf den Lidern, auf der Zunge, in den Beinen, in den Fingerspitzen. In den Tag- und Nachtträumen kehrt die Vergangenheit zurück und richtet sich in der Gegenwart ein, als hätte Rosa mit ihrem Weggehen erst ausreichend Platz für sie gemacht. Am 18. September 1960 ist Almut 28 Jahre alt, doppelt so alt wie im Jahre 1946, als es nach Deutschland ging.

Über Wochen kein Wille oder Bedürfnis, sich zu erklären. Die Zunge liegt reglos in ihrem Mund, sie findet kein Wort für den Schmerz, der unter der Haut seine Bahnen zieht. Feuchte Stirn, nasse Augen, verklebtes Haar. Die anderen Patienten im Zimmer rufen manchmal nach den Schwestern für sie, damit sie ihr den Puls überprüfen, und eine von ihnen dreht Almut regelmäßig auf die Seite, zieht ihr das Krankenhemd hoch und reibt ihr den Rücken und danach auch die Stirn mit einem Handtuch trocken. Schimpft mit der Patientin, weil diese sich nicht regt, nichts isst, und auch sonst so gar nicht mithelfen will. Doch Almut hört sie nicht, würgt stattdessen an den Erinnerungen, stöhnt mit geschlossenem Mund. Hinter den Lidern hängt die Mutter am Strick. Almut gräbt den Kopf tiefer ins Kissen hinein, hat schon wieder Schweißtropfen auf der Stirn. Die Schwester seufzt und zieht die Spritze auf, hält sie sich nah vor die Augen, klopft mit dem Zeigefinger kurz gegen die Spitze. Dann greift sie nach dem Arm der Patientin, bindet ihn einhändig mit einem Schlauch einige Zentimeter über der Armbeuge ab, führt die Nadel ein. Auf dem Nachttisch steht die Nierenschale, das Weiß der Emaille blendet Almut, als sie für einen Moment die Augen öffnet, und die Erinnerung blendet Almut zugleich von innen heraus, weiß sind die Laken, die im Frühjahr 1945 aus den Fenstern der Schule hängen, weiß sind die Binden am Arm ihrer Mitschüler, weiß wie der Kittel der Nachtschwester, die nun mit einer routinierten Bewegung den Schlauch wieder löst, die Spritze klappernd in der Nierenschale ablegt, weiß ist das Kleid der Mutter am Strick, weiß steigt der Rauch aus einer Lokomotive, weiß schimmert Rosas Gesicht.

Die Schwester steht in der Tür, lässt den Blick kurz über die Betten schweifen, bevor sie das Licht löscht. Vor dem Fenster dämmert der Morgen. Almut schließt die schmerzenden Augen. Nach vorn schauen und nicht zurück, flüstert Rosa in ihrem Kopf.

Der Tag, als sie aus dem Krankenhaus entlassen wird, ist der 2. Februar 1961. Da ist Rosa seit fast fünf Monaten fort – das sind 137 einzelne Tage, aber was soll das Zählen und die Rechnerei.

Das Schloss in der Wohnung ist längst ausgewechselt, die Tür öffnet sich auch auf ihr Klingeln hin nicht. Was hat sie erwartet? Der Genosse und Facharbeiter Ernst Beckmann gibt die Auflösung seiner Verlobung mit Almut Horák bekannt. Drei Taschen mit ihrer Kleidung hat er ihr auf die Station gebracht, zum Glück sind in einer davon ihre Papiere und Fotos, um den Rest wird sich Manfred Heiser kümmern und ihr nachschicken, sobald sie in Magdeburg angekommen ist. Ida ahnt von dieser Absprache nichts, sie weiß noch nicht einmal von seinen Besuchen im Krankenhaus. Manfred bringt Almut zum Bahnhof und reicht ihr die Taschen in den Zug hinein. Als er sie zum Abschied umarmen will, weicht Almut zurück.

Auf die neurologische Station folgt die Bewährung in der Produktion, im VEB Öl- und Fettwerke Magdeburg. Es sind hauptsächlich Frauen, die hier arbeiten, bis auf den Betriebsleiter, die Pförtner und den Parteisekretär. Nach Feierabend liegt ein Fettfilm auf der Haut und in den Haaren. Jahrelang kann Almut keine Margarine mehr sehen, geschweige denn riechen. *Täglich geht's von Mund zu Mund: Pflanzenfett ist so gesund!*, wirbt das Lehrquartett des Betriebs, das die Frauen ihren Kindern und Enkeln mitbringen.

Auch Almut bekommt das Quartett zum Abschied geschenkt, ein kleiner Scherz der Kolleginnen. *Damit du uns in guter Erinnerung behältst.* Da ist Almut bereits weit über die ihr auferlegte Bewährungszeit geblieben. Sieben Jahre hat sie sich hinter den orangeroten Ziegeln des Werks und bei den Kolleginnen ihrer Brigade versteckt, die sie reihum bemuttern und am Wochenende ins Freibad *Neue Welt* oder in ihre Kleingärten einladen. An Feiertagen holen sie Almut an den Familientisch, rücken neben die Stühle der Kinder einen weiteren Stuhl heran oder setzen ihr gleich das jüngste Kind auf den Schoß, weil sie ahnen, dass eine wie sie nicht mehr weiß, wohin mit sich und wie denn nun weiter. In den ersten Jahren bewohnt Almut ein gelbbraun tapeziertes Zimmer in der Wohnung einer alten Frau, deren zwei Söhne längst ausgezogen sind. Werktags verlässt sie in der Früh oder am Nachmittag zur Spätschicht das heruntergekommene Haus mit der kriegszernarbten, rußigen Fassade und fährt mit der Straßenbahn durch die halbe Stadt, erst mit der Linie 2, danach mit der Linie 5 bis zur Berliner Chaussee. Am Morgen ist es noch dunkel und am Nachmittag im Winter ist es schon nicht mehr richtig hell. Sie geht an der Käseglocke vorbei, ein runder, grauer Kiosk mit Imbiss, der Buletten, Bockwurst und Bauernfrühstück verkauft, dort kommen ihr auf dem Weg zur Spätschicht die Kinder aus der nahe gelegenen Schule entgegen, manchmal dreht sie sich kurz nach ihnen um, während sie zugleich zügig weiter die Berliner Chaussee entlangläuft, die sie nicht nach Berlin, sondern an einem Friedhof vorbei zum Werk führt. Nach ihrem zweiten Winter in Magdeburg kauft sie sich von dem gesparten Lohn ein blaues Diamant-Fahrrad, und das Fahrrad führt sie nach Feierabend an die Elbwiesen. Nach dem fünften Winter bekommt sie die Zuweisung für ein Zimmer mit Küchenzeile im neu gebauten Ledigen-Apartmenthaus auf dem Werder, einer kleinen Insel zwischen Stromelbe und Alter Elbe, und von da aus hat sie es nicht mehr so weit zur Arbeit, mit dem Fahrrad sind es nur noch zehn Minuten. Von ihrem Fenster im dritten Stock des Plattenbaus kann sie nun auf den Winterhafen sehen, ein Elbarm, in dem bei Niedrigwasser oder Eisgang die beladenen Schiffe warten, manchmal sind auch tschechische Frachtkähne dabei, die sind über Prag, Pardubice, Děčín hierher gekommen, und wenn der Fluss wieder schiffbar ist, ziehen sie weiter nach Hamburg.

Mitten im sechsten Winter steht eines Tages der Betriebsleiter in der Kantine mit seinem Tablett vor ihr – und das ist einer, der als Jugendlicher auf einem Flüchtlingstreck aus Schlesien kam. Kurz vor Ende des Krieges war er für ein paar Wochen auch in jener Stadt, in der sie laut seiner Unterlagen geboren und aufgewachsen ist. Dort liegt sein jüngster Bruder begraben. Was erhofft er sich von dieser Selbstauskunft? Dass sie ihm ebenfalls Auskunft gibt? Immer wieder sucht er das Gespräch mit ihr, auf dem Werkhof, in der Kantine oder in seinem Büro. Er sagt zu Almut, die auf einem Stuhl vor seinem Schreibtisch sitzt: Geh noch mal los, Mädchen! Fang neu an. Dabei ist Almut nun schon Mitte dreißig und längst kein Mädchen mehr. Nachts liegt sie mit offenen Augen in ihrem Bett und denkt an den Flüchtlingsjungen Joachim. Tagsüber begegnet sie ihm mit Schweigsamkeit. Bestimmte Fehler macht man nicht zweimal. Zum Abschied reicht Joachim Almut am Werktor die Hand und sagt: Vergiss uns nicht.

Das hatte auch Rosa gesagt. Vergiss mich nicht.

Almut erinnert sich an die Hand des Betriebsleiters, die warm und rau in ihrer Hand liegt. Sie erinnert sich an das Bedürfnis, mit ihm zusammen zurück ins Werk zu gehen, sich den Kittel und das Haarnetz überzustreifen, ihren Platz in der Brigade wieder einzunehmen. Einfach bleiben. Weitermachen wie bisher, wie die letzten sieben Jahre. Doch dann lässt sie die Hand unvermittelt los und macht die ersten Schritte, und nach diesen ersten Schritten wird sie im Gehen plötzlich schneller und noch schneller, schließlich rennt sie sogar. Wie hatte sich Rosa beim Anfahren der S-Bahn gefühlt? Kurz dreht sie sich noch einmal um, schaut zurück und winkt. Was wäre, wenn sie mit Rosa mitgegangen wäre?

Es macht keinen Sinn, sich so etwas zu fragen, denkt Almut und packt die Fotos zurück in ihren Koffer, wo auch das Album der Eltern und die Briefe von Rosa liegen. Mit solchen Fragen kommt man nicht weiter.

Sie nimmt den Faden wieder auf, der doch schon gänzlich abgerissen schien. Eine Stelle als Unterstufenlehrerin in Berlin-Lichtenberg, es ist das Jahr 1968, da rollen gerade die sowjetischen Panzer in Prag ein. Sie wird, anfangs noch auf Probe, in der Hortbetreuung eingesetzt. Der Direktor der Neubauschule, der sie einstellt, ist, was man einen alten Weggefährten nennt. Ein alter Weggefährte des Genossen Heiser, der in einer offiziellen Stellungnahme für die erfolgreiche Bewährung der Pädagogin Almut Horák bürgt und in einem weiteren inoffiziellen Schreiben für eine zweite Chance plädiert. Almut hat ihn gebeten, etwas für sie zu tun. Sie hat einen Brief geschrieben, an ihn und an Ida, und dieser Brief ist ihr schwer von der Hand gegangen. Sie hat sich hingesetzt, ist wieder aufgestanden, sie hat die Seiten zerknüllt und einen Spaziergang im Regen gemacht. Sie ist zurück in ihr Zimmer gekommen, hat den feuchten Mantel an den Haken neben der Tür gehängt und sich wieder hingesetzt. Sie hat sich gut zugeredet: Es ist doch schon einige Zeit ins Land gegangen, viel Wasser den Berg hinuntergeflossen und über die Jahre muss auch eine Ida Heiser älter und vielleicht auch versöhnlich geworden sein.

Ida Heiser ist inzwischen 63 Jahre alt und ihr Haar ist weiß geworden. Wenn sie vom Friseur kommt, schimmert das weiche, dünne Nest auf ihrem Kopf leicht violett und ist in bauschige Wellen gelegt. Neuerdings hat sie eine kleine schwarz-weiße Fotografie vom Ještěd auf ihrem Nachttisch stehen, die hat sie in einer Zeitschrift gefunden. Sie hat sie ausgeschnitten und in einen Rahmen gesteckt.

Es ist ein Kompromiss, dass Almut in ihrem Brief mit keiner Silbe Rosa erwähnt. Auch hält sie ihre Vorwürfe zurück, schluckt sie herunter, wie schon seit sieben Jahren. Sie kaut langsam und schluckt das Vergangene häppchenweise. Sie schluckt die Parteiversammlung, bei der sich die Genossin Ida Heiser in einer vorbereiteten Rede von ihrer Tochter Rosa und deren Fehlverhalten distanziert. Bei der sie sich zugleich auch einer kritischen Selbstbefragung unterzieht. An der Wand hängt ein Bild von Walter Ulbricht, davor steht ein Tisch, geschmückt mit einem roten Tuch, hinter dem drei selbsternannte Richter sitzen. Wie oft hat Ida Heiser selbst hinter so einem Tisch Platz genommen? Doch diesmal steht sie auf der anderen Seite und das Stehen schmerzt in ihren Füßen. Sie habe bei der moralischen Erziehung ihrer Tochter versagt, sagt Ida und ihre Stimme klingt fest und hart, als formuliere sie einen Parteiauftrag und kein Schuldeingeständnis. Dann folgt ein Blick, den Almut nie vergessen wird. Der Blick geht zur Seite, er ist schnell und genau, streift weder die Bank, in der Almut sitzt, noch das geschlossene Fenster in Almuts Rücken. Idas Blick findet sofort Almuts Augen. Versagt habe sie auch bei der Genossin Almut Horák, die ihr doch längst wie eine zweite Tochter gewesen sei. Deren wissentliches

Schweigen habe die Flucht überhaupt erst ermöglicht und Rosa jeden Weg zurück verstellt, jede Aussprache und Einsicht verhindert. Ida hält einen Moment inne, dann wendet sie den Kopf abrupt wieder nach vorn und strafft ihre Schultern. Das politische Fehlverhalten der Genossin Horák gehe mit einem persönlichen und gesellschaftlichen Vertrauensbruch einher. Dafür habe sich die Genossin Horák zu verantworten. Almut weiß in diesem Moment: Sie hat zum zweiten Mal keine Familie mehr.

Dennoch sitzt sie sieben Jahre später an einem schmalen weißen Tisch, der ihr sowohl zum Essen als auch zum Schreiben dient, und reiht einzelne Worte zu Sätzen aneinander und die Sätze verbinden sich nach mehreren Versuchen endlich zu einem Brief. Der Tisch steht am Fenster und Almut schaut auf den grauschwarzen Fluss hinaus. Warum schreibt sie diesen Brief? Almut lässt die Frage immer wieder durch ihren Kopf kreisen. Sie ist erschöpft von ihrem Rückzug. Von dem Schweigen, das ihr im Grunde doch gar nicht entspricht. Von dem Stillstand, von der fehlenden Zuversicht. Längst hat sie angefangen, Rosas Briefe zu beantworten, denn das hat sie in ihrem Versteck schnell begriffen, der Rückzug begrenzt zwar den Schmerz, aber zugleich ist sie ohne eine Verbindung zu Rosa und Ida auch mit all ihren Erinnerungen allein. Dann ist sie mit ihrer Kindheit allein. Es muss doch jemanden geben, der die Vergangenheit bezeugen kann, der auch ihre Herkunft bezeugt – jenseits eines amtlichen Papiers. Der ihre Erinnerungen teilt. Almut schaut auf die sieben Ansichtskarten, die vor ihr auf dem schmalen Tisch liegen. Fotografierte Tannenbäume mit goldenen Kugeln daran, brennende Kerzen in Nahaufnahme und einmal auch ein kindlich gezeichneter Schneemann. Sieben Jahre lang zur Weihnachtszeit der immer gleiche Gruß, kurz und freundlich, dazu eine Bemerkung über das jeweilige gesundheitliche Befinden. Schwungvoll unterzeichnet mit dem Namen *Manfred Heiser*. Einmal auch: *dein Heiser*. In jenem Jahr liegt Ida über Weihnachten im Krankenhaus, zwei Gallensteine müssen dringend entfernt werden, schreibt Manfred und wünscht Almut ein frohes Fest und besinnliche Feiertage. Almut schiebt die Ansichtskarten etwas beiseite und legt sich zum wiederholten Mal ein leeres Blatt zurecht. Schon die Anrede ist nicht einfach, schließlich wird Almut sie einfach weglassen. Sie wird nur schreiben, dass sie im Werk kündigen will und zu Beginn des nächsten Schuljahres eine neue Stelle sucht. Als Lehrerin. Sie wird um Manfreds Unterstützung bitten und ihm auf diese Weise die Möglichkeit geben, etwas für sie zu tun. Sie weiß, er wartet darauf seit sieben Jahren. Inzwischen fühlt sie sich bereit für einen Neuanfang. Almut stolpert über den Gedanken und schüttelt den Kopf. Für das Neue greift sie auf das Alte zurück.

Was ein Bruch mit allem war, erscheint im Rückblick wie eine zeitweilige Unterbrechung, wie eine Art Auszeit in der Kontinuität. Almut zieht zurück nach Berlin, arbeitet wieder als Lehrerin, füllt Lebensjahre, Berufsjahre und schließlich auch Familienjahre aus. Sie liebt ihre Arbeit im Hort, manchmal bringt sie den Kindern Verse mit, die nicht in den Schulbüchern stehen, und legt sie ihnen wie ein Geheimnis ans Herz. Und manchmal singt sie Lieder im Chor und dann denkt sie an Rosa. Sie lebt in einer Stadt mit einer Mauer und in einem Land mit einem Zaun ringsherum. Sie ist geblieben und nicht weggegangen wie Rosa. Sie hat sich Ida und dem Land wie ein Mündel verpflichtet gefühlt. Oder wollte sie einfach nur bleiben, nicht noch einmal weggehen? Wer weiß schon, wie man ein Leben lebt? Über die Jahre lernt sie, ihr eigenes zu lieben.

9 BERLIN (III)

Das Berlin der Jahrhundertwende ist die Stadt des Theaters, wer auf den Brettern, die die Welt bedeuten, etwas werden will, kommt nach Berlin. Hier ist alles zu finden, was der jeweilige Geschmack begehrt: Prominent besetztes Schauspiel, feierliche Opulenz, strenger Naturalismus und leichter Schwank, politische und musikalische Revuen, experimenteller und klassischer Tanz, schillerndes Varieté und literarisches Kabarett. Von kleineren Bühnen und Nachtclubs, von Versammlungsräumen und Festsälen bis hin zu den großen Häusern mit über tausend Sitzplätzen ist alles dabei. Tilla Durieux spielt an den großen Häusern wie auch auf Arbeiterversammlungen in den Berliner Vororten. Im großen Festsaal des 1905 in der Berliner Sophienstraße eröffneten Handwerkervereinshauses treten Rosa Luxemburg, Karl Liebknecht, Wilhelm Pieck und Clara Zetkin, aber auch verschiedene Theaterensembles auf. Die Welt strömt nach Berlin, um hier zu inszenieren, zu gastieren, zu visionieren, Häuser zu leiten oder neu zu eröffnen.

1906 gastiert das Moskauer Künstlertheater drei Wochen lang am Berliner Theater. Auf Veranlassung der Polizei muss schließlich sogar der eiserne Vorhang herabgelassen werden, um die Ovationen zu beenden. Doch das Publikum lässt sich nicht aufhalten und applaudiert immer noch weiter. Der Erfolg ist überwältigend, und trotzdem lassen sich die Unkosten des Gastspiels kaum decken. »Einstimmig wird behauptet, man könne in Berlin nicht viel Geld machen«, *scheibt Stanislawski in seinen Briefen. Die Gagen sind äußerst gering, vor allem für Frauen. 1910 versammeln sich Berliner Schauspielerinnen in der Philharmonie, um für ein Theatergesetz zu streiten, das ein Minimum an sozialen Verpflichtungen enthält.*

Es heißt, in Berlin verdiene man sich die Lorbeeren und in anderen Städten das Geld.

Veränderungen bemerken, einordnen, damit umgehen. Registrieren, dass sie älter wird, dass sich Umstände, Bedürfnisse, Gefühle verändern. Dazu gehört das Kind, das ihr passiert ist (zum Glück, du Glückspilz, du), das Kind, nach dem sich Elli sehnt. Dazu gehören die Gedanken an später, das Auf und Ab der Freiberuflichkeit, die sich seit Jahren schon nicht mehr nur frei, sondern hauptsächlich beruflich anfühlt. Sie hat kein Haus zu verlieren, keinen Vorgarten, kein Auto, kein prall gefülltes Sparkonto, aber sie hat ihren Körper zu verlieren, den Kopf, der eines Tages schwerfälliger denken wird, der im Grunde schon jetzt schwerfälliger denkt, vor allem abends, wenn sie das Kind ins Bett gebracht hat, und noch weiter arbeiten will. Noch verlässt sie sich auf ihren Körper, geht selbstverständlich von seinem Funktionieren aus, auch wenn sie weiß, dass er eines Tages krank oder unbeweglicher werden kann, dass er vielleicht von anderen abhängig sein wird. Naiv nennen die Eltern Kristines Haltung zu Geld und Besitz, doch auch das hat sich verändert, die jahrelange Genügsamkeit ist einer Anspannung gewichen, denn auch Berlin hat sich verändert, 170 Mark warm kostete die erste eigene Wohnung hier, zu diesem Preis sind Idealismus und Selbstverwirklichung billig zu haben. Inzwischen zahlt sie das Vierfache in Euro, für zweieinhalb Zimmer im Friedrichshain, andere zahlen viel mehr. Ein 10 Jahre alter Mietvertrag dokumentiert ihre Sesshaftigkeit der letzten Zeit, während Mitbewohner einziehen und weiterziehen, in den ersten zwei Jahren hat sie sich die Wohnung mit Elli geteilt, in den letzten viereinhalb Jahren mit Jakob und Ada. (Und manches verändert sich nicht, aus dem Begehren des Anfangs ist keine Liebe erwachsen, wie Jakob und sie es lange gehofft hatten.)

Im Moment leben und zugleich erwartungsvoll in Bezug auf das Kommende sein. Das ist das Motto ihrer ersten Jahre, dieser eng verknüpften Zeit mit Elli, während und nach dem Studium. Inzwischen weiß Kristine um den Wankelmut ihrer Zuversicht. Ganz hat sie die Sorge der Eltern nie abgestreift, diesen blinzelnden Blick in die Zukunft. Besonders die Premieren, diese abrupten Endpunkte intensiver Arbeitswochen und durchwachter Nächte, schlugen ihr in den ersten Jahren regelmäßig auf den Magen. Dann konnte es sein, dass sie plötzlich am Rand einer ausgelassenen Premierenfeier stand und sich fragte, ob die Entscheidungen, die sie gerade traf oder bereits getroffen hatte, eines Tages die richtigen sein würden. Oder wenigstens nicht die falschen. Elli sah ihr das Unbehagen oft schon von Weitem an. Dann konnte es sein, dass sie zusammen durch das nächtliche Berlin liefen, bis ihr nach einer Weile wieder wohler wurde. Elli wurde nie müde, ihr das Berlin ihrer Kindheit zu zeigen, sie wusste um ehemalige Brachen und verborgene Fabrikgebäude in Hinterhöfen, wo Kristine nur sanierte Häuserreihen sah, erzählte vom Eiscafé Polar auf dem Alexanderplatz oder von den Geisterbahnhöfen auf der Strecke der U-Bahn-Linie 6 und erinnerte sich an sämtliche alte Straßennamen.

Kristine weiß, dass Elli nicht Berlin an sich vermisst, sondern das Gefühl, in einer Stadt ganz selbstverständlich zu Hause zu sein – *weil es Tage gibt, an denen ich nicht mehr weiß, wo ich eigentlich zu Hause bin.*

Und Elli weiß, dass Kristine nicht wegen des Geldes mitunter mehr Projekte und Aufträge annimmt, als sie, zumindest tagsüber, schaffen kann, sondern – *weil ich mir so viele Türen wie möglich offen halten will, für den Fall, dass sich eine der Türen wieder schließt.*

Sich verändern, und zugleich einander immer wieder erkennen.

Tage, an denen sie nicht an Elli denkt. Wochen und Monate, in denen sie sich nicht sehen. Diesmal bist du aber unterwegs, schreibt Elli Anfang August auf eine Postkarte mit einem Himmel über Berlin, die sie ohne Marke in Kristines Briefkasten wirft, da ist Kristine gerade auf dem Weg nach Pirna, zum 65. Geburtstag ihres Vaters. Und an Almuts 82. Geburtstag Mitte September ist Kristine mit Ada zusammen im Baskenland, der Atlantik ist ein tosendes Ungetüm, schreibt sie auf die Karte an Elli, und Ada malt mit bunten Filzstiftfarben riesige Wellen dazu.

Und auch die bereits geplante Reise nach Basel zu Ellis Geburtstag muss nun doch wieder verschoben werden, weil sich bei Elli eine Produktion verschoben hat, willst du denn gar nicht feiern, fragt Kristine Elli am Telefon, und Elli fragt zurück, wann denn und wo? Letztlich wird sie ihren 40. Geburtstag wohl mehrfach feiern, am Tag selbst mit einigen Kollegen und Kolleginnen nach der Bauprobe in Köln, am nächsten Abend mit Albrecht und den Freunden in Basel, und dann muss sie am Morgen gleich weiter zu einer Vorbesprechung nach Wien. Aber das Wochenende darauf feiern wir zusammen in Berlin. Und danach, sagt Kristine bestimmt, komme ich dich endlich in Basel besuchen.

Und in der Zeit dazwischen geht Kristine mit Almut im Ringcenter an der Frankfurter Allee Schuhe einkaufen, weil Almuts Füße neuerdings etwas angeschwollen sind. Ein anderes Mal fahren sie zusammen in die Bibliothek am Frankfurter Tor, wo Almut sich einen Stapel Hörbücher ausleiht. Und an einem der guten Tage gehen sie gemeinsam ins Schwimmbad, denn das hat sich Almut zum Geburtstag gewünscht.

In der Umkleidekabine zwischen all den nackten Müttern mit ihren kleinen Kindern stehen. Almut zieht sich einen rot-blauen Badeanzug an, der ist an einigen Stellen von der Sonne oder dem Chlor schon ganz ausgebleicht. Als sie nach dem Duschen Arm in Arm in die große Halle treten, ist das Schwimmerbecken weitgehend leer. Die Mütter streben mit ihren Kindern an der Hand in den Nichtschwimmerbereich. Almut steigt vorsichtig die Leiter hinab, die Hände umklammern den silbernen Griff, erst verschwinden die Beine im Wasser, dann der Unterleib, schließlich auch die zitternden Hände. Ob es noch geht? Die ersten Bahnen schwimmt sie dicht am Beckenrand entlang, doch mit jeder weiteren Bahn wird Almut sicherer. Nach einer Weile wechselt Kristine in ihr eigenes Tempo, taucht mit kräftigen Schwimmzügen immer wieder an Almut vorbei, die mit erhobenem Kopf gleichmäßig ihre Bahnen zieht. *Ich hätte ewig so schwimmen können.*

Situationen wie diese, in denen Kristine an Elli denkt, sich fragt, was sie gerade macht. Und wenn sie sich dann wiedersehen, trotzdem nicht erst versuchen, all die Zeit der letzten Wochen und Monate erzählend nachzuholen, sich lieber auf den Moment verlassen, auf das Wiedererkennen. Sich darauf verlassen, dass man eine gemeinsame Geschichte hat.

10 HAMBURG / ROM / BALATON / NEW YORK

Das Fernweh wird von Geschichten und Bildern genährt, Lieder besingen Städte wie Reiseführer: Autumn in New York, why does it seem so inviting?, *die Einprägsamkeit ihrer Zeilen nährt die Sehnsucht und zugleich wächst das Gefühl der Vertrautheit, auch wenn man noch nicht dagewesen ist.*

Glittering crowds and shimmering clouds in canyons of steel, they're making me feel – I'm home.

Die Sehnsucht ist mit dem Heimweh wie mit dem Fernweh verwandt.

Dreamers with empty hands, they sigh for exotic lands.

Alle Wege führen nach Rom, besagt ein Sprichwort, aber Hamburg ist das Tor zur (Neuen) Welt. Zwischen 1836 und 1934 wandern fünf Millionen Menschen allein über den Hamburger Hafen von Europa nach Amerika aus. Die Gründe: weniger Fernweh als wirtschaftliche Not, politische oder religiöse Verfolgung, Unzufriedenheit mit den Verhältnissen, in die man hineingeboren wurde. Mit den neuen Dampfschiffen dauert die Passage nach New York zwischen 13 und 19 Tagen, später 9 Tage, die Überfahrt im fensterlosen, engen Zwischendeck ist im späten Herbst und im Winter etwas billiger als im Sommer, dafür ist mit Stürmen und hohem Seegang zu rechnen. Mehr als ein Drittel der Auswanderer, die über Hamburg reisen, stammt aus Deutschland. Andere stammen aus Tschechien, Ungarn, Österreich, Russland oder Dänemark. Fast alle plagt sie die Seekrankheit und die Angst, womöglich nicht anzukommen – auf der anderen Seite des großen Wassers. Die Hoffnungen und Erwartungen sind groß. It's autumn in New York, that brings a promise of new love.

Knapp ein Fünftel aller Auswanderer kehrt über kurz oder lang wieder nach Europa zurück. Autumn in New York is often mingled with pain.

In den 60er-Jahren des 20. Jahrhunderts wird ein Binnensee in Ungarn, von den Touristen Balaton und von den Einheimischen ungarisches Meer genannt, zum halb geöffneten Fenster des Ostens in Richtung Westen. Und zum Transitraum für Freunde und Familien, die auf verschiedenen Seiten einer Mauer leben.

It's autumn in New York, it's good to live it again.

Bei Wikipedia steht geschrieben, Heimweh ist das ältere Wort. Und der Vorfahre des Fernwehs ist die Wanderlust.

Es gefällt ihr, dass er sich Zeit nimmt. Sie nicht mit Worten und Erwartungen überrennt, das sagt man doch so: von jemanden oder etwas überrannt werden.

Stattdessen laufen sie sich über den Weg, auf dem Schulhof oder auf der Treppe, die ihn hinauf in die erste Etage des Schulgebäudes und sie hinunter ins Erdgeschoss führt, ihre Wege kreuzen sich auf dem Schulflur, wenn sie mittags vom Speiseraum und er von den Toiletten kommt, manchmal sieht sie ihn auch am späten Nachmittag mit dem Fahrrad vorbeifahren, wenn sie gerade zur Straßenbahnhaltestelle geht.

Sie fühlt sich gemeint, und sie nimmt es verwundert zur Kenntnis. *Da bist du ja.* Ein Lächeln wandert über sein Gesicht. Er schenkt ihr Blicke, die verlässlich sind, mit denen sie zunehmend zu rechnen beginnt. Sie spürt sie im Rücken, wenn sie in der Schulaula einige Reihen vor ihm sitzt, und dann greift sie nach ihrer Strickjacke, die über der Stuhllehne hängt, oder kramt in ihrer Tasche, die neben dem Stuhl steht, und wenn sie dabei wie zufällig den Kopf hebt und in seine Richtung schaut, treffen sich ihre Blicke. *Ich bin all hier.* Das Lächeln fliegt nun auch über ihr Gesicht, als sie wieder nach vorn schaut. Es ist wie ein Spiel, eine geheime Verabredung, eine Verschwörung über Wochen und Monate, und schließlich werden Jahre daraus.

Sie bemerkt seine immer gleichen braunen Cordhosen, zu denen er meist einfarbige, helle Hemden trägt, und ab Ende Oktober hat er für alle Fälle einen Pullover um die Hüften geknotet, der sieht aus wie selbst gestrickt. Dazu trägt er einen Rucksack geschultert, als ginge er nicht zur Schule, sondern auf Wanderschaft.

Hat er die Pullover tatsächlich selbst gestrickt oder strickt sie jemand anderes für ihn? Irgendwann stellt sie sich solche Fragen, da liegt schon der erste Schnee auf dem Schulhof. Wie riecht seine helle Haut darunter? Es sind Pullover in gedeckten, aber kräftigen Farben: ein dunkles Rot oder Grün oder leuchtendes Braun. Sie bemerkt hier und da verlorene Maschen in den Reihen. Da weiß sie bereits, er ist vier Jahre jünger als sie. Er unterrichtet hauptsächlich Physik und nein, er hat anscheinend weder Frau noch Kind. Aber er soll – wie sie – schon mal verlobt gewesen sein. Im Lehrerzimmer plaudert man gern im Flüsterton über die alleinstehenden Kollegen. An Sonntagen und in den Ferien geht er tatsächlich am liebsten auf Wanderschaft. Almut sammelt die wenigen Informationen wie Brotkrumen ein, als könnten sie ihr den rechten Weg weisen.

Kurz vor den Winterferien liegt ein zusammengefalteter Zettel in ihrem Fach und trotz der Januarkälte steht sie an einem Sonntagmorgen um 10.30 Uhr auf einem S-Bahnhof und hat ebenfalls einen Rucksack dabei. Über Rummelsburg geht es nach Karlshorst, Köpenick und Friedrichshagen nach Erkner hinaus. In der S-Bahn sitzen sie einander gegenüber und später laufen sie nebeneinander her wie zwei Punkte im Raum, die sich kaum merklich aufeinander zubewegen.

Nach einer Weile finden sich ihre behandschuhten Hände. Der Weg vor ihnen führt sie in die winterkahle Landschaft hinein. Wo kämen sie hin, wenn sie immer weiter gingen? Durch welche Wälder, in welche Länder, an welche Meere kämen sie? Nach zwei Stunden sind sie trotz dicker Strümpfe in den Schuhen durchgefroren und trinken heißen Pfefferminztee mit Zucker und Zitronensaft aus ihrer Thermoskanne zu den Broten aus seinem Rucksack. Dann kehren sie um. Auf der Rückfahrt sitzen sie nebeneinander in der Bank. Da ahnt Almut bereits, dass die Vertrautheit, die sie in seiner Gegenwart empfindet, im Grunde eine Erinnerung ist. An die regelmäßigen Sonntagsausflüge mit dem Vater und mit Rosa. Den Jeschken hinauf und wieder hinunter. Wie lang ist das her? Die Bäume und Stromleitungen vor dem Fenster ziehen in der Dämmerung als weißgraue Unschärferelation dahin. Zieht es sie einer Erinnerung wegen zu ihm? Und wenn es so ist, was meint das schon? Im Beieinanderliegen am Abend finden sich ihre Körper. Sie staunt darüber, wie unbefangen seine Bewegungen sind, wie selbstverständlich er sie überall berührt, wie er sich fallen lassen kann in seiner Lust. Wie laut er ist. Anders als Ernst, der Verlobte vor Jahren, anders auch als Walter, der Kommilitone aus der Studienzeit. Sie schließt die Augen und tut es Hans nach. Lässt sich fallen und sinkt in die Wärme seines Körpers hinein, bis es still wird in ihrem Kopf. Hans, der sie noch lange eng umschlungen hält, das Gesicht in ihrem Nacken vergraben, stellt nach einer Weile an ihrem Atem fest, dass sie tief eingeschlafen ist.

Als er am Morgen aufwacht, sind seine Arme leer. Doch in der Schule kreuzt sie seinen Weg mit einem glücklich verschworenen Blick, und diesmal liegt ein gefalteter Zettel in seinem Fach. Ein neuer Ort und eine neue Zeit. Da versteht er, dass sie nicht wegen ihm noch vor Sonnenaufgang gegangen ist. Die Relativitätstheorie verwendet den Begriff der Eigenzeit, und das heißt zunächst einmal, dass alles sich selbst ein eigenes Bezugssystem ist.

Es braucht Zeit, bis sie sich am Bleiben und an den Worten versucht.

Willst du schon gehen?
Geh noch nicht.
Bleib.
Lass uns zusammen sein.

Was für ein Satz: Lass uns zusammen sein. Sie versucht, sich nicht auf die Sehnsucht, die er weckt, zu verlassen. Sie versucht, mit ihm zusammen zu sein und sich weiterhin darin zu üben, wie man auch allein sein kann. Sich nicht verlieren in der Zweisamkeit, in sich selbst verwurzelt sein, auch wenn es nun mal so ist, dass sie sich mit einem anderen Menschen zusammen viel stabiler als alleine fühlt.

Mit ihm übt sie sich das erste Mal an einer Erzählung der Vergangenheit. *Ich will wissen, wie du warst als Kind und später dann als junge Frau.* Entlang seiner Fragen legt sie Worte, Namen, Geschichten und schließlich auch Fotos und Briefe aus. Und dann legt er seine dazu.

Sie genießt es, dass er in der Stadt verwurzelt ist. Er hat eine Kindheit, er hat Eltern in Berlin, bei denen sie zu Ostern und zu Weihnachten eingeladen sind, er hat Erinnerungen, die sich in Straßen, Plätze und Fassaden eingeschrieben haben. Wie nebenbei zeigt er ihr Orte, an denen er aufgewachsen, zur Schule gegangen, und das erste Mal verliebt und schließlich auch verlobt gewesen ist. Er zeigt ihr die Gräber seiner Vorfahren. Sie steht auf einem Friedhof und versucht, sich in ihrer Erinnerung zu orientieren. Das Sichtbare mit den Bildern im Kopf abzugleichen. Sie beschreibt ihm das Grab ihrer Eltern und wie er sie da mit geschlossenen Augen unter freiem Himmel stehen sieht, versteht er, dass sie ihre Erinnerungen wie einen Ort bewohnt.

Wenn sie ihm am Abend Zeilen aus einem Buch vorliest, versteht er, dass auch die Sprache ein Zuhause ist.

Und sie versucht, Begriffe wie Raumzeit und Weltpunkt zu verstehen, aber weil sie immer wieder an der Schönheit der Begriffe jenseits allen physikalischen Wissens hängen bleibt, um sie in Folge wie Girlanden über ihrem gemeinsamen Alltag zu verteilen, bleibt ihr die Relativitätstheorie letztlich ein Rätsel.

Und so umschlingen sich ihre Worte und Körper in einer gekrümmten Raumzeit, die nur mithilfe der Unschärfe wahrzunehmen ist, in der sie beieinander und zugleich allein und mit anderen an verschiedenen Orten und in verschiedenen Zeiten sind, die mithilfe der Erinnerung und der Erzählung beständig ineinandergreifen, und das Kind, das schließlich aus ihnen in dieser Raumzeit entsteht (nachdem sie schon dachten, es sei ihnen nicht mehr vergönnt), das nennt Almut ihren Weltenpunkt.

Es lächelt im Schlaf. Es liegt auf dem Rücken und breitet seine Ärmchen aus. Tagsüber vermisst es den Raum um sich herum. Auf allen vieren erkundet es den Holzboden der Küche, den Teppichboden des Zimmers, in dem der Schreibtisch der Eltern steht, den Boden der blechernen Wanne, in die Hans das auf dem Herd erhitze Wasser füllt.

Manchmal, wenn es schläft, reibt Almut ihre Nase an der Nase des Kindes. Behutsam, sie will es nicht wecken. Das Kind stülpt die Lippen nach vorn, bläst inwendig die Wangen auf – und lächelt im Schlaf. Es ist ein Magnetfeld des Glücks, dieses Lächeln des Kindes im Schlaf.

Sie hält es an der Hand, als sie erneut auf einem Friedhof steht. Das muss 1976 gewesen sein. Das Kind hilft Almut später dabei, sich in den Jahren zurechtzufinden. Zwei Jahre alt ist ihre Eliška, als Ida beerdigt wird, und Almut inmitten einer schwarz gekleideten Menschenmenge plötzlich Rosas Gesicht erkennt. *Ich bin all hier.* In dieser Zeit hat Eliška noch blonde Locken wie Hans. Erst mit der Zeit sind die Haare dunkler geworden. Und Rosa sah noch genauso aus wie in Almuts Erinnerung, und das konnte doch einfach nicht stimmen. 16 Jahre haben wir uns nicht gesehen. 16 Jahre. Ihr laufen die Tränen übers Gesicht. Wie wenig du dich verändert hast. Und sie hat inzwischen ein kleines Kind an der Hand und einen Mann an ihrer Seite. Da bist du ja, sagt Rosa und weint ebenfalls. Und das Kind schaut verwundert zwischen ihnen beiden her, bis Hans es etwas beiseitenimmt. Wie viele Tränen es sieht an diesem noch sonnigen Nachmittag Ende Oktober, an dem Ida Heiser mit allen ihren Ämtern und Verdiensten zu Grabe getragen wird. 1904 in Böhmen geboren, Volksschule, danach Textilarbeiterin, Eintritt in die KPČ und Textilarbeiterverband. Nach Einmarsch der deutschen Truppen kurzzeitige Verhaftung und Polizeiaufsicht, Mitglied einer kommunistischen Widerstandsgruppe und nach dem Ende des Krieges Umsiedlung in die SBZ. Mitgliedschaft in der SED, im FDGB, der DSF und im Demokratischen Frauenbund. Studium an der Parteihochschule Karl Marx. Anschließend Mitarbeit in der Abteilung kulturelle Massenarbeit des FDGB und Mitglied im Bundesvorstand, dann Leitung des Sektors Erwachsenenbildung und Vorsitzende der Abteilung Qualifizierung und Berufsausbildung. Schließlich der Wechsel in die Abteilung Frauenfragen. Nach ihrer Berentung stellvertretende Vorsitzende der Veteranenkommission.

Ein Leben gleichermaßen auf Stein und Sand gebaut. Ehrennadeln und Verdienstorden in Gold, Silber und Bronze. Gewürdigt werden ihr unermüdlicher Einsatz für ihr Land und den FDGB, ihr Kampfgeist und ihre Arbeitsdisziplin, die sie nicht nur anderen, sondern stets auch sich selbst abverlangte. *Du sollst Dein Vaterland lieben und stets bereit sein, Deine ganze Kraft und Fähigkeit für die Verteidigung der Arbeiter-und-Bauern-Macht einzusetzen.* Nicht erwähnt wird, dass Ida Heiser den Vorsitz der Abteilung Qualifizierung und Berufsausbildung lediglich wenige Monate innehatte und der Wechsel in die Abteilung Frauenfragen im Herbst 1960 eine Abberufung ist, weil eine Genossin mit einer Tochter im nicht sozialistischen Ausland als Leiterin nicht mehr tragbar ist. Die Erzählung am Grab erwähnt weder die leibliche noch eine angenommene Tochter. Sie kennt auch nicht die Momente des Zweifels und des Wankelmuts. *Du sollst Deine Kinder im Geiste des Friedens und des Sozialismus zu allseitig gebildeten, charakterfesten und körperlich gestählten Menschen erziehen.* Es nehmen Abschied ihr Ehemann, zahlreiche Weggefährten und Kollegen.

Ist es diese aus Ämtern und Posten zusammengestückelte Rückschau eines Lebens, das Leben der Mutter selbst oder das eigene Verschwinden darin, das ihr das Heimweh der letzten 16 Jahre plötzlich vergeblich erscheinen lässt? Rosa weiß es nicht. Wie oft hat sie an die Mutter gedacht, wie oft hat sie sogar auf der anderen Seite der Stadt gestanden und dabei in Richtung

Mauer geschaut. Seit dem Gesetz zur Regelung von Fragen der Staatsbürgerschaft hat sie sich alle paar Monate den himmelblauen Opel von ihrem Großonkel Willi Herbig ausgeborgt und ist mit einem Transitvisum von Hamburg auf der Fernstraße durch die DDR nach Westberlin gefahren. *Bürger der Deutschen Demokratischen Republik, die vor dem 1. Januar 1972 unter Verletzung der Gesetze des Arbeiter-und-Bauern-Staates die Deutsche Demokratische Republik verlassen haben, verlieren mit dem Inkrafttreten dieses Gesetzes die Staatsbürgerschaft der DDR.* Nie ist sie schneller als 100 Kilometer die Stunde gefahren, nie hat sie angehalten, weder um die Blase zu leeren noch für die Angst und die damit einhergehende Übelkeit und wie erleichtert und schweißgebadet war sie jedes Mal, wenn sie den Grenzübergang passiert hatte. Sie hat an der Mauer gestanden und sich vier Jahre lang nicht getraut, einen Antrag auf Einreise zu stellen. Sie hat sich für ihre Angst geschämt. *Eine strafrechtliche Verfolgung der genannten Personen wegen ungenehmigten Verlassens der Deutschen Demokratischen Republik findet nicht statt.* Kann man dem trauen? Es ist ja keine Parteirede, sondern ein Gesetz, hatte ihr Almut zurückgeschrieben, aber in ihren Briefen selbst unsicher geklungen. Was ist das für ein Land – gleichermaßen auf Zuversicht und Angst gebaut? Wie kann man nach diesem Land Heimweh empfinden? Manchmal hat sie sich auch für das Heimweh geschämt. Rosa sieht in die Gesichter der alten Männer und Frauen um sie herum – in ihren schlecht sitzenden Anzügen und Kostümen. Die Vergeblichkeit weht sie an wie schlechter Mundgeruch. Und doch: Wie oft hat sie ihre Entscheidung befragt, mit allen ihren Konsequenzen für sie, für die Mutter, aber vor allem für Almut. Wie sehr hat sie gerade Almut vermisst. Rosa steht am offenen Grab der Mutter, und Almut neben ihr hält das Kind auf dem Arm. Das Kind schmiegt den Kopf an ihre Schulter und schaut Rosa unverwandt an. Rosa sieht, dass dieses Kind wie auch der Mann an Almuts Seite der Freundin ein Anker sind. Plötzlich überkommt sie das Fernweh mit einer Heftigkeit, die ihr in der Brust schmerzt. Sie wischt sich über das Gesicht, bevor sie in die Erde greift. Keine Blumen und Tränen für dich, Mutter, und keine Beileidsbekundungen für mich. Die Erdbrocken prasseln dumpf auf den hölzernen Sarg. Sie geht wortlos an Wolfgang Heiser vorbei, ignoriert seine ausgestreckte Hand.

Zweieinhalb Jahre später wird Onkel Willi in Hamburg beerdigt. Ist es zu glauben, dass er tatsächlich 98 Jahre alt geworden ist?, schreibt Rosa in ihrer weit ausufernden Schrift. Dann beschreibt sie Almut den parkähnlichen Friedhof, den weißen Grabstein und die Beerdigung. Hier möchte ich auch eines Tages begraben sein. Almuts Antrag auf Genehmigung einer Reise in die Bundesrepublik wurde abgelehnt, schließlich sei sie nicht mit Wilhelm Herbig verwandt. *Antragsberechtigte Verwandte sind: Großeltern, Eltern, Kinder, Geschwister und Halbgeschwister (mütterlicherseits).*

Almut betrachtet lange das Foto, das Rosa ihr mitgeschickt hat. Diesen noch im hohen Alter so elegant und zugleich kindlich wirkenden Mann. Jetzt weiß er nichts mehr von der Welt, sagt Eliška (halb tröstend, halb fragend), die den Mann, der da gestorben sein soll, zwar nicht kennt, aber merkt, dass ihre Mutter traurig ist. Und plötzlich fiel mir dein Antigone-Chor wieder ein, schreibt Almut an Rosa, als diese gerade die Wohnung des Verstorbenen und im Zuge dessen auch ihre eigene Hamburger Wohnung auflöst – weißt du noch, deine Idee einer nicht endenden Erzählung, die an die Stelle des Todes tritt?

Schon bald schickt Rosa ihre Antworten nicht mehr aus Hamburg, sondern nunmehr aus Rom. Sie legt den Briefen Aufnahmen von sich vor alten Steinen bei, manchmal fallen auch getrocknete Blätter aus den Umschlägen. Ein Blatt von dem Magnolienbaum an der Via Corsini, vom Orangenbaum im Kreuzgang des Klosters Santa Sabina, vom Mandelbaum in der Via Bernardo Celentano, von der Libanonzeder, Trauerzypresse und der morgenländischen Platane im Park der Villa Borghese. Einmal liegt auch eine Papiertüte Sand vom Tyrrhenischen Meer bei. Rosa liebt diese Stadt der sieben Hügel inmitten der einsamen, bergigen Landschaft des Latiums, in der sie nach dem Tod ihres Großonkels Ende der 1970er-Jahre eine Wohnung gemietet und Arbeit gefunden hat. Ab und an liebt sie auch den einen oder anderen Mann, doch diese Liebschaften bleiben in ihren Briefen namenlos. Und Almut heiratet schließlich Hans, nachdem dieser dem Standesamt das Einverständnis abgerungen hat, dass sie ihren Namen behalten kann.

– Wollen Sie denn tatsächlich den Familiennamen Ihrer Frau annehmen?

– Ja, das will er, und nein, er wolle nicht noch einmal darüber schlafen. (Ruhig und freundlich antworten, auch wenn er die wiederholten Nachfragen der Beamtin als Zumutung empfindet.)

Schon bald wird er also nicht mehr Erdmann, sondern Horák heißen, schreibt Almut an Rosa, und so kann ich ihn heiraten, ohne den Namen meiner Eltern herzugeben. Ansonsten wird es eine Feier ohne großen Aufwand, warum denn auch, wo Hans und ich nun schon so lange zusammen sind. Nur dich hätte ich so gern dabei. Doch diesmal wird Rosas Einreiseantrag aus unerfindlichen Gründen abgelehnt. Wenn du dich doch in einen Vogel verwandeln könntest, schreibt Almut, als sie einige Tage vor der Hochzeit von der Ablehnung erfährt, dann wärst du, ohne irgendwelche Papiere zu brauchen, schnell wie der Wind hier bei mir, und wenn es dich weiterzieht, genauso schnell wieder fort.

Als Hans sie an diesem Abend fragt: Sollen wir versuchen, auch rauszukommen, schüttelt sie den Kopf und geht noch einmal kurz vor die Tür, um den Brief einzuwerfen.

Ihre Hochzeitsreise führt sie durch die Tschechoslowakei: nach Liberec, Prag, Brno. Plötzlich ist da die Idee im

Kopf, nach den alten Straßen und Häusern zu suchen, sie Hans zu zeigen. Die Bilder im Kopf mit der Realität abzugleichen. Aber da gab es nichts abzugleichen. Das Haus in Liberec existiert 1982 nicht mehr. Die Erinnerung ist ein schlechter Reiseführer, schreibt sie Rosa auf einer Postkarte aus Prag, sie will dir immer nur zeigen, was nicht mehr da ist. Prag ist dagegen eine Stadt, in der sie sich auf angenehme Weise heimisch fühlt, ganz ohne konkrete, persönliche Erinnerungen. Von Prag fahren sie weiter mit dem Zug nach Budapest und von da aus geht es an den Balaton, wo Hans' Eltern mit Elli bereits auf sie warten. Wo auch Rosa auf Almut wartet. Almut kann es nicht glauben und schaut Rosa an wie einen Geist. Sie umrahmt Rosas Gesicht mit ihren Händen, dieses immer noch junge Gesicht, trotz der Spuren und Pfade, die die Zeit hinterlässt. Hast du tatsächlich nichts geahnt?, fragen Rosa und Hans Almut immer wieder, und freuen sich wie Kinder über die gelungene Überraschung. Und dann verbringen sie eine ganze Woche zusammen. Das sind sieben Tage, das sind viele Stunden. Gehen schwimmen, liegen faul in der Sonne, essen tagsüber Waffeln mit grüner Kiwi-Schlagsahne obendrauf, trinken abends Wein und erzählen bis in die Nacht hinein, fotografieren sich gegenseitig und lassen sich fotografieren, und Elli beansprucht ihre Tante Rosa, wie sie sie in dieser Urlaubswoche nennt, immer mehr für sich. *Dass wir darauf nicht früher gekommen sind.* In den nächsten Jahren treffen sich Rosa und Almut immer wieder am Balaton.

So auch im Sommer 1988, und dann im späten Herbst kommen plötzlich keine Briefe mehr. Das merkt sie nicht gleich. Die Abstände sind über die Jahre etwas größer und unregelmäßiger geworden, mit jedem Jahr gibt es mehr zu tun (Ist das so?). Irgendwann sitzt Almut am Schreibtisch und während sie ein Foto von ihrer nunmehr vierzehnjährigen Tochter für Rosa aussucht (schau mal, wie kurz Elli gerade die Haare trägt), fällt ihr plötzlich auf, dass sie noch keine Antwort auf ihren letzten Brief bekommen hat. *Aber warum schreibst du denn nicht?* Der Schreck fährt ihr von einem Moment auf den anderen in alle Glieder. Tag für Tag fährt sie nun nach der Arbeit als Erstes nach Hause und stürzt zum Briefkasten. Und erst danach werden die Schuhe von der Reparatur und die Milch und all das andere, das auf ihrer Liste steht, aus der Kaufhalle geholt. Mit jedem Tag, der ohne Nachricht von Rosa vergeht, wird Almut unruhiger und fahriger. Die Sorge macht sie ungehalten, den Schülern wie auch Elli gegenüber, die nicht versteht, warum ihre Mutter gerade so empfindlich ist. Aber was heißt hier empfindlich, *es ist doch wohl nicht zu viel verlangt, dass du auch mal einkaufen gehst oder den Müll runterbringst*. Manchmal trifft es auch Hans, der anscheinend auch schon wieder vergessen hat, wie man eine Waschmaschine oder die Schleuder bedient, und einmal schmeißt sie, weil der Reißverschluss trotz der Reparatur immer noch klemmt, vor Wut und Hilflosigkeit ihre Stiefel und dann gleich noch all die anderen ungeputzten Schuhe aus dem Regal an die Wand. Es mag vielleicht auszuhalten sein, Rosa im Alltag nicht zu sehen, aber es ist ganz und gar nicht auszuhalten, nichts mehr von ihr zu hören. Mit Tränen in den Augen sammelt sie die Schuhe schließlich wieder ein. Jetzt erst versteht sie, wie sehr sie sich an die vielen Briefe und Karten von Rosa gewöhnt hat, *ich bin all hier,* ja, Rosa, das warst du tatsächlich, du warst ja wirklich all hier.

Es ist der Krebs, der Rosa zu schaffen macht. Anfangs auch sprachlos macht. *Wie kann ich dir mit dieser Grenze zwischen uns vom Sterben schreiben? Ich will dir nichts anderes schreiben, als dass ich leben will.* Sie habe gerade ihre Wohnung in Rom aufgelöst und werde zurück nach Hamburg gehen. Ich muss mich operieren lassen, schreibt sie.

Und Almut stellt erneut einen Antrag auf Genehmigung einer Reise in die Bundesrepublik und er wird abermals abgelehnt. Sie packt gegen die Verzweiflung ein Paket, zwei Mützen liegen darin, *die hat Hans für dich gestrickt,* eine aus dicker und eine aus dünnerer Wolle *für den kahlen, kalten Kopf, den dir die Ärzte angekündigt haben,* und dazu noch ein Buch, das Haaropfer von Bohumil Hrabal, *weil ich doch weiß, dass dir der Titel wie auch die Geschichte gefallen wird.* Und hinein in das Buch kommt noch ein Foto, *wie von dir gewünscht: Das sind wir – du und ich, erinnerst du dich noch an meinen Brombeermund?*

Da hat Rosa die Operation bereits überstanden, aber große Hoffnungen will ihr der Arzt trotzdem nicht machen, denn der Tumor hat gestreut. Ich nehme auch die kleine Hoffnung, schreibt Rosa Anfang März 1989 und bedankt sich für das Paket und besonders für das Foto, denn es ist doch nicht zu glauben, dass ich kein einziges Kinderfoto von uns beiden habe. Im Mai sind die Werte eigentlich ganz gut, *stoß auf mich an, Almut, auf mich und meinen Heldenmut. Im Sommer treffen wir uns wieder am Balaton.* Im Juni sind die Werte plötzlich wieder schlechter, und das ist nun die allerneuste, schlimme Nachricht der Weißkittel, schreibt Rosa, und im Juli muss sie zurück ins Krankenhaus. Wie soll Almut da denn in den Urlaub fahren? Also fährt Hans mit Elli allein an den Balaton und Almut bleibt in Berlin zurück und stellt den nächsten Antrag auf Genehmigung einer Reise in die Bundesrepublik, *und ich werde es noch hundertmal und tausendmal tun, auch wenn es noch so vergeblich scheint.* Schon in der Früh treibt es sie hinunter auf die Straße, und dann läuft sie stundenlang durch die halbierte Stadt, *weil ich im Gehen mit dir reden, und im Schlafen doch nicht schlafen kann.* Tag für Tag schickt sie Karten und schreibt in die Adresszeile den Namen eines Hamburger Krankenhauses, und sie kommen an, Almut, schreibt Rosa einmal zurück, deine Postkarten umrahmen mich und mein Bett wie einen Heiligenschein.

Dem Fall der Mauer ist es zu verdanken, dass sie Rosa noch einmal sehen kann. Dass ein Mensch nur noch aus Haut und Knochen besteht. Ein Flüstern aus trockenen Lippen: Da bist du ja. Auf der anderen Seite des Bettes sitzt Manuela, eine kleine, drahtige Frau, die Almut sogleich umarmt. Sie ist aus Rom gekommen, Almut kennt ihren Namen aus Rosas Briefen. Manuela und Almut organisieren auf Rosas Wunsch gemeinsam die Beerdigung, telefonieren eine Liste mit Namen durch, lauter Namen, die Almut nicht aus Rosas Briefen kennt. Im Grunde waren es doch Briefe der Zweisamkeit. Und der Erinnerung. Und sie wiederum habe kaum etwas über Rosas Vergangenheit gewusst, übersetzt Manuelas Sohn Alberto, der in Hamburg ein italienisches Restaurant betreibt, das Bedauern seiner Mutter. Er hilft den beiden Frauen nicht nur bei der Verständigung, sondern auch bei der Bewältigung der Formalitäten und Abläufe im Zuge der Beerdigung.

Du hast eine Insel geschaffen für dich und mich. Und eine andere Insel für Manuela und die anderen Bekannten in Rom, von denen einige sogar dachten, du wärst in Hamburg geboren. Und wieder eine andere Insel für die Freunde in Hamburg. Du hast dich zwischen den verschiedenen Orten und Zeiten hin und her bewegt und dich dagegen entschieden, sie zu verbinden. Erst auf deiner Beerdigung haben wir unsere Erinnerungen im Restaurant von Alberto wie Mosaiksteine zu einem Bild zusammengesetzt. Hast du das so gewollt? Hast du mir deswegen die Liste mit den Namen, Adressen und Telefonnummern in die Hand gedrückt?

Almut erfährt so vieles, was sie nicht wusste. Von der ersten Zeit des Ankommens hier in Hamburg. Von Rosas Arbeit in verschiedenen Hotelküchen der Stadt, während sie sich parallel an Schauspielschulen bewirbt, denen Rosa im Jahr 1961/62 aber schon viel zu alt ist. Wieder ist das Studium, das Rosa daraufhin beginnt, eine zweite Wahl – wenn auch der Fachbereich Romanistik diesmal eine gute zweite Wahl gewesen ist.

Noch in Hamburg schreibt Almut einen langen Brief an Manfred Heiser, der ihr immer noch Jahr für Jahr Grüße auf weihnachtlichen Postkarten schickt. Sie beschreibt ihm Rosas Grab, das auf dem gleichen Friedhof liegt, auf dem auch Wilhelm Herbig beerdigt ist. Als Rosa im September 1960 bei ihm in Hamburg vor der Tür steht, ist Willi Herbig schon ein alter Mann. Er nimmt sie auf wie eine Enkeltochter. Mit ihm ist sie das erste Mal nach Italien gereist. An die Adria, wo Willi seit den 1950er-Jahren regelmäßig seine Sommerurlaube verbringt.

Aber Almut solle doch lieber im Herbst nach Rom kommen, übersetzt Alberto die Einladung seiner Mutter Manuela. Wenn das Licht milder und die Stadt etwas ruhiger geworden ist. Dann werde sie Almut all die Orte zeigen, an denen Rosa zu Hause gewesen ist.

Almut nickt und verspricht Manuela, schon bald zu kommen.

Als sie und Hans im Oktober 1992 tatsächlich nach Rom fliegen, bringt Elli ihre Eltern zum Flughafen.

Und nur zehn Monate später packt Elli ihren Rucksack für New York.

– Kommt ihr mich mal besuchen in dem Jahr?
– Schneller als dir lieb ist, mein Schatz.

Almut nimmt die Tochter mit der riesigen Kraxe auf dem Rücken in den Arm.

Pass auf dich auf, flüstert sie ihrer Eliška ins Ohr, aber auch nicht zu sehr.

11 BASEL

Über Jahrhunderte verdingen sich junge Männer aus der Schweiz, denen die Heimat weder Grundbesitz noch ein anderes Auskommen und damit auch kein Heimatrecht bietet, als Söldner im Ausland. Sie hoffen darauf, eines Tages mit dem gesparten Sold heimkehren und sich das Recht auf Ansässigkeit an einem Ort, auf Heirat, Haus, Hof oder Gewerbe erkaufen zu können. Doch bis es so weit ist, ziehen sie für Herzöge, Könige, Kaiser und sogar für den Papst in den Krieg, kämpfen für Frankreich, Lothringen, Mailand, Rom, Ungarn, Schweden oder die Niederlande. Es kommt vor, dass auf der anderen Seite des Schlachtfeldes ebenfalls Schweizer Söldner stehen.

1688 veröffentlicht der elsässische Arzt Johannes Hofer in Basel seine Dissertation, in der er das Heimweh dieser Schweizer Söldner als eine Krankheit beschreibt, welche zu körperlicher Zerrüttung oder gar zum Tod führen kann. Seine These findet in reformierten Kreisen großen Anklang. Die Bedenken aus medizinischer Sicht stützen den Kampf gegen das Söldnertum, das zunehmend nicht mehr mit christlichen und nationalen Grundsätzen vereinbar ist.

Der außerordentliche Friedenskongress der Zweiten Internationale, der im November 1912 in Basel tagt, steht unter dem Motto: Krieg dem (drohenden) Krieg, denn es darf nicht länger sein, dass Arbeiter eines Staates auf die Arbeiter eines anderen Staates schießen. Uneinigkeit besteht nur darüber, ob im Ernstfall zu einem Massenstreik der internationalen Arbeiterschaft und des Militärs aufzurufen ist. Dennoch ist die Stimmung unter den 555 Delegierten aus 23 Ländern zuversichtlich und selbstbewusst. An die 15 000 Demonstranten ziehen am ersten Tag des Kongresses von Kleinbasel über die Mittlere Brücke über den Rhein, dann am Rathaus vorbei und zum Münster hinauf, das den Sozialisten in diesen Tagen offensteht. Weitere Friedenskundgebungen finden in Berlin, Wien, Zürich und wenig später auch in Paris, Marseille, Bordeaux, Lyon, Straßburg, Hamburg, Rom, Mailand, London, Budapest, Zagreb, Prag, Amsterdam, Stockholm, Oslo und vielen anderen europäischen Städten statt.

Nur wenige Stimmen bezweifeln, dass aus dieser beeindruckenden Demonstration einer gemeinsamen Gesinnung auch ein gemeinsames Handeln erwächst. Aber ist denn tatsächlich darauf zu vertrauen, dass die soziale Frage der Arbeiterschaft im Falle eines Krieges über dem nationalen Patriotismus steht?

Spazieren durch die Altstadt, am Theater Basel und dem Tinguely-Brunnen vorbei. Am Münster empor in einen wolkenverhangenen Himmel schauen und von der Pfalz auf den Rhein schauen, in dem man im Sommer schwimmen oder sich einfach flussabwärts bis zur Dreirosenbrücke treiben lassen kann. Anfang Dezember also vom Sommer träumen, und dabei Arm in Arm durch die Augustinergasse schlendern, kurz einen Besuch des naturhistorischen Museums erwägen und ihn doch auf die nächsten Tage verschieben. Stattdessen zum Markplatz abbiegen und im rot leuchtenden Innenhof des Basler Rathauses kurz mit Ada telefonieren, die Halsweh, Schnupfen und dazu auch Sehnsucht hat. *Ich vermiss dich auch, mein Schatz.* Beim Auflegen ein leichtes Ziehen in der Brust spüren. Dann führt sie die Eisengasse wieder hinunter zum Fluss und die Mittlere Brücke führt sie auf die andere Seite des Rheins. Im Zickzack durch Kleinbasel spazieren, irgendwann das Pflaster der Gassen in den Füßen spüren und das nächste Café ansteuern. Sich ein Stück Himbeertorte teilen, Kaffee trinken, und als draußen schon die Dämmerung einsetzt, wieder in die Mäntel schlüpfen. Im nächsten Supermarkt ein paar Sachen für den Abend einkaufen, auch eine Postkarte für Ada mitnehmen, dann geht es zurück in die Wohnung, die direkt unterm Dach liegt und sehr hübsch, aber zugleich recht teuer ist (Elli: Und noch immer habe ich kein bezahlbares Atelier gefunden).

Zum Abendessen gibt es Fisch und dazu einen Salat. Zwischen den einzelnen Lagen der Blätter verbirgt sich heller Sand und schließlich finden sie sogar eine Schnecke darin. Das Wasser spült den Sand hinweg und perlt schließlich selbst von den Blättern ab, die nach innen hin immer kleiner und zarter werden. So zart, dass sie beim Berühren fast samten wirken.

Den Fisch mit Öl, Knoblauch und Rosmarin einreiben und dabei über Almut und Ada sprechen. Am Morgen hat Elli wieder ihre Regel bekommen, ein Satz wie nebenbei. Vielleicht ginge das überhaupt nicht zusammen, sagt Elli, während sie den Fisch in den vorgeheizten Ofen schiebt, ein Kind passe im Grunde nicht zu ihrem Beruf. Weder zu dem vielen Unterwegssein noch zu den freien Verträgen, in denen ihre Arbeit wie ein Werkstück erscheint, das innerhalb einer vorgegebenen Zeit abzuliefern ist. Und diese Zeit ist für alle Beteiligten knapp bemessen, manchmal beäugen sie die Mitarbeiter der Theaterwerkstätten schon beim Kennenlernen und versuchen abzuschätzen, was sie, die freie Ausstatterin, ihnen abverlangen wird, dabei würde sie am liebsten mit ihnen zusammen an der Werkbank stehen, den harzigen Geruch des frisch zugeschnittenen Kiefernholzes in der Nase. Wie zeitraubend zugleich diese eingefahrenen Wege und Hierarchien an den meisten Häusern sind, diese eingeübte Trennung in Zuständigkeitsbereiche und Abteilungen, zwischen denen die Arbeit hin und her geschoben wird, diese Trennung in ein künstlerisches und ein nicht künstlerisches Personal, das im schlimmsten Fall übereinander herzieht, anstatt an einem Strang zu ziehen.

Die Entwürfe und Skizzen auf Ellis großem Ateliertisch etwas beiseiteschieben, weil das der einzige Tisch in der Wohnküche wie auch in der gesamten Wohnung ist. Den Salat trocken, Tomaten, Avocado und Schafskäse in kleine Würfel schneiden, und eine Müdigkeit in Ellis Gesicht bemerken. Den Fisch aus dem Ofen holen. Und trotzdem würdest du das schaffen, sagt Kristine, während sie die Salatschüssel und danach die Teller und Gläser auf den Ateliertisch stellt, du und Albrecht, ihr würdet schon dafür sorgen, dass es irgendwie geht mit dem Beruf und dem Kind. So wie sie selbst, und letztlich auch Jakob, dafür sorgen, dass es irgendwie geht.

Früh schlafen gehen wollen und dann doch die halbe Nacht am Tisch sitzen und reden. Kurz vor Mitternacht kommt Albrecht aus dem Theater und setzt sich dazu. Schließlich das Sofa neben dem Ateliertisch mit einem Laken beziehen und sich den Vollmond ins Gesicht scheinen lassen. Am Morgen frische Brötchen für das Frühstück besorgen, während Elli noch schläft. In den nächsten zwei Tagen zusammen ins Tingeley-Museum und in die Kunsthalle gehen und jedes Mal hat Elli schon den Eintritt bezahlt. Das musst du doch nicht. *Money, it's a crime, share it fairly but don't take a slice of my pie.* Elli, die statt einer Antwort summend am Einlass vorbeitänzelt. Zusammen einen Nachmittag lang auf dem Sofa liegen und das *Dark side of the Moon* – Album von

Pink Floyd über Youtube hören. Wie lange haben wir das nicht gehört. Gefällt es dir noch? Abends in die Vorstellung gehen, für die ihnen Albrecht Karten an der Kasse hinterlegt hat. Am letzten Tag spaziert Kristine allein durch das naturhistorische Museum, weil Elli wieder an die Arbeit muss. Zwei Tafeln Schokolade als Mitbringsel für Ada kaufen. Am Abend geht es schon wieder zum Flughafen. Wir sehen uns zu Weihnachten, sagt Elli zum Abschied.

Und dann kommt Elli doch nicht erst Weihnachten nach Berlin.

Almuts Stimme am Telefon klingt unsicher, leise. Sie sei beim Einkaufen plötzlich gestürzt, weil die Beine nicht mehr so wollten wie der Kopf. Oberschenkelhalsbruch, sagen die Ärzte im Krankenhaus, es muss schnell operiert werden.

Im Normalfall sollte es ein bis zwei Tage nach der Operation wieder möglich sein, das Bein zu belasten. Die junge Ärztin lächelt Elli im Sprechzimmer aufmunternd zu. Krankengymnastik und eine Schmerztherapie helfen dabei, Schritt für Schritt in Bewegung zu kommen und die Angst vor einem weiteren Sturz zu überwinden. Diese schnelle Mobilisation sei gerade bei älteren Menschen wichtig, um den Abbau der Muskulatur und damit einhergehende Komplikationen zu verhindern.

Auf den dreiwöchigen Krankenhausaufenthalt folgt eine mehrwöchige Rehabilitation, die aber aufgrund von Almuts Allgemeinzustand wie auch der Parkinsonerkrankung keinesfalls ambulant, sondern stationär erfolgen soll.

Den 24. Dezember verbringt Elli von morgens an im Krankenhaus und am Abend wird sie von den Schwestern nach Hause geschickt. Sie fährt zu Kristine, die ihre Eltern und auch Jakob zu Besuch hat. Ada dabei zuschauen, wie sie mit roten Wangen ihre Geschenke auspackt und ausprobiert und schließlich auf dem Schoß von Kristine einschläft. Am nächsten Tag kommt Albrecht mit dem Zug von seinen Eltern aus Süddeutschland, und Jakob reist mit Ada zu seinen Eltern in den Harz. Auch Kristines Eltern reisen weiter, an die Ostsee für ein paar Tage, und umarmen Elli zum Abschied. *Alles Gute für deine Mutter.* Mit Albrecht in Kristines Bett schlafen, während Kristine auf einer Matratze im Kinderzimmer schläft. Zu dritt im Gang vor dem Krankenzimmer herumstehen, bis die Schwester das Laken gewechselt hat, weil der Patientin, wie sie sagt, ein »kleines Malheur« passiert ist. Elli kommen fast die Tränen, als sie diese Formulierung hört. Sich zusammenreißen. Sie setzt ein Lächeln auf, als sie zu Almut ins Zimmer geht. Nach Silvester fliegt Albrecht wieder zurück nach Basel, und Elli fliegt mit, um ein paar Sachen zu holen.

Sie sagt die aktuelle Produktion ab und denkt darüber nach, ob sie die nächste Produktion gleich mit absagen soll, weil sie gerade nicht weiß, wie es weitergehen wird.

Es kann sein, dass alles oder nichts mehr so wird wie vor dem Sturz.

Es kann sein, dass Ihre Mutter pflegebedürftig wird.

Es kann sein, dass sie 90 oder auch 100 wird.

Aber auch wenn keine Komplikationen auftreten, liest Elli im Internet, sterben noch immer 20 Prozent der Patienten innerhalb des ersten Jahres nach der Operation.

Wie soll sie die nächsten Monate planen? Wie kann sie wissen, wie viel Zeit noch bleibt? Vor einem Jahr hat sie entschieden, nach Basel zu ziehen, trotz der Tatsache, dass ihre Mutter schon über 80 ist. Drei Jahre früher, als sie das erste Mal darüber nachgedacht hat, wegzugehen, wäre es ein schlechterer Zeitpunkt gewesen, denn kurz darauf ist ihr Vater gestorben.

Das weißt du nie, sagt Kristine und streicht Elli eine orangerote Strähne aus dem Gesicht. Das hast du auch vor einem Jahr nicht gewusst.

Elli sagt die nächste Produktion ebenfalls ab, weil sie spürt, dass sie gerade nicht verbindlich sein kann, dass sie sich auch nicht darauf verpflichten lassen will, in einer anderen Stadt, an einem anderen Ort zu sein. Und Kristine gibt ihr einen Wohnungsschlüssel und räumt ihr ein Fach in ihrem Kleiderschrank frei.

Am Morgen zusammen aus dem Haus gehen, und dann bringt Kristine Ada in den Kindergarten oder fährt in die Bibliothek und Elli fährt ins Krankenhaus.

Manchmal kommt Kristine auch mit ins Krankenhaus, an anderen Tagen fährt Elli lieber allein. Sich an den Geruch des Desinfektionsmittels gewöhnen, den sie beim Heimkommen immer noch auf der Haut zu riechen glaubt. Sich an das »Komm, Tante Elli!« von Ada gewöhnen, wenn diese nach ihrer Hand greift und sie zum Spielen ins Kinderzimmer zieht. Sich mit Kristine beim Abwaschen, Staubsaugen und den Einkäufen abwechseln. Und wenn Ada bei Jakob ist, gehen sie wie früher zusammen ins Kino oder zu der einen oder anderen Theaterpremiere. Oder sie gehen all den Möglichkeiten der Stadt zum Trotz nicht aus, sondern kochen sich nur eine Kleinigkeit, um anschließend noch etwas zu arbeiten oder zu lesen. Elli hält das Buch in den Händen, aber die Augen wandern nicht über die Zeilen. Den Stillstand aushalten, diese angehaltene Zeit. Die Sorge aushalten. Abend für Abend telefoniert sie mit Albrecht, der sie fragt, wann sie wieder nach Hause kommt.

Vielleicht, sagt Elli in diesen Wochen, ziehe ich wieder zurück nach Berlin, und Kristine legt das nasse Geschirrtuch über die Heizung und schüttelt den Kopf: nein, Elli, das machst du nicht.

Der Mutter beim Schlafen zuschauen. Ihr vorsichtig über das kurze grauweiße Haar streichen, das sich dick und fest anfühlt, die weiche, faltige Wange berühren. Die Vorahnung ihrer Abwesenheit im ganzen Körper spüren. Die Decke ein wenig höher ziehen, so wie es

Almut früher bei ihr getan hat. *Komm; leg' dich bequemer; so stillst du den Schmerz. Na, gibt er jetzt Ruh?*

Wenn sie morgen aufwacht, wird sie wissen: Vor ihr liegt ein neuer Tag. Wer weiß schon, wann das Nichts beginnt. Ein gewöhnlicher Morgen wird zum Mittag, auf den Mittag folgt ein Nachmittag, der Nachmittag wechselt in den Abend über. Dann kommt die Nacht. Und die Nacht bringt einen nächsten Tag.

ZIEHENDE LANDSCHAFTEN

Zwei Tage nach Almuts Beerdigung fahren sie nach Kirchmöser. Es ist der 24. April 2015. Ein Freitag. Sie bringen Ada zusammen in den Kindergarten und fahren von da aus weiter zum Bahnhof. Die Regionalbahn braucht vom Berliner Hauptbahnhof etwas weniger als eine Stunde.

Dass ich noch nie hier gewesen bin … Sie gehen verschiedene Wege entlang, probieren verschiedene Häuser aus, das könnte es doch gewesen sein, diese Straße, dieser Hof. Dabei ist es nicht wichtig, das richtige Haus, die richtige Straße zu finden. Kommst du mit?, hatte Elli kurz nach dem Aufwachen über das noch schlafende Kind zwischen ihnen hinweg gefragt. Und Kristine hatte sofort genickt.

Sie laufen an rotbraun geklinkerten Werkhallen vorbei, an lang gestreckten Verwaltungsgebäuden und einem Wasserturm, an einem Kraftwerk, an Lagerhallen, an einem Feuerwerkslaboratorium. Das war alles Teil einer Pulverfabrik, sagt Kristine, die sich noch am

Morgen ein bisschen im Internet belesen hat. Sie betrachten einen Obelisk, der den Gefallenen vergangener Kriege gewidmet ist. Sie stehen vor einer Schule und schauen zu den Fenstern im zweiten Stock hinauf. Es wird gleich anfangen zu regnen, sagt Elli und zieht den Reißverschluss ihres Parkas hoch. Sie laufen durch Wohnsiedlungen mit kleinen, hübschen Reihenhäusern und manchmal ist auch eine frei stehende Villa dabei. Immer wieder endet ihr Weg an einem See. Kristine versucht, die verschiedenen Zeiten und Schichten aus diesem Ort herauszulesen, sie in der Gegenwart räumlich zu verankern. Elli versucht das Private aus diesem Ort herauszulesen. So vieles steht zum Verkauf hier: Das Rathaus, das Klubhaus der Eisenbahner, das Krankenhaus, das eine oder andere Haus in den Siedlungen. Eine Kulissenstadt, denkt Elli und sie denkt auch: Hier müsste man eigentlich Theater machen. Ein runder Tisch zum Debattieren im Rathaus, verschiedene Bühnen in den Sälen der Klinik, Konzerte im Klubhaus. Aber noch sieht sie weit und breit kein Publikum.

Dann beginnt es tatsächlich zu regnen. Sie spazieren trotzdem noch eine Weile am Möserschen See entlang und schauen auf das grauschwarze Wasser hinaus, das in einen grauweißen Himmel übergeht. Sie begegnen einer älteren Frau, sie hat einen Hund dabei. Elli schaut ihr kurz hinterher. Wenige Minuten später drehen sie selbst um und laufen zügig zum Bahnhof zurück, der sehr heruntergekommen ist, in allen Fenstern fehlt das Glas, sie sind mit Spanplatten provisorisch vernagelt.

Darauf ein Plakat, ebenfalls: »Zu verkaufen«, mit einer Telefonnummer dabei.

Als der Zug hält, steigt niemand aus und nur sie beide steigen ein. Sie suchen sich zwei Plätze einander gegenüber am Fenster. Der Regen läuft in schmalen Rinnsalen die Scheibe entlang. In ein oder zwei Wochen wird Elli wieder zurück nach Basel fliegen. Es wird schnell gehen, Almuts kleine Wohnung aufzulösen, die Konten und Versicherungen abzumelden. Alles ist schon vorbereitet, Almut hat Listen mit Telefonnummern, Passwörtern und Kundennummern in der Schublade ihres Nachttisches hinterlegt. Sie hat Elli einen Karton mit Kindersachen hinterlassen und viele Briefe, Tagebücher und Fotos. Der Zug fährt am See entlang, am Ufer schaukeln Boote. Kristine versucht sich den Sommer vorzustellen, sie stellt sich Almut in einem sonnenbeschienenen Kirchmöser vor und sieht in der Scheibe Ellis Gesicht.

Jetzt bist du der Mensch, der mich am längsten kennt, sagt das Gesicht in der Scheibe, und ist dabei voller Regentropfen.

DANK

Der Roman wurde mit einem Arbeitsstipendium der Berliner Senatsverwaltung für Kultur und Europa gefördert und die Stiftung Brandenburger Tor ermöglichte mir einen Aufenthalt in Brno.

Ich danke Daniela Dröscher, Annett Gröschner und Jana Nosková für die vielen hilfreichen Informationen und das sorgsame Gegenlesen des Manuskripts. Andreas Engler, Tilo Höhnel, Julia Krähenbühl und Bianca Schemel danke ich für das Lesen, die vielen Gespräche und die mentale Unterstützung. Maren und Regina Fettback danke ich für die Briefe aus Kirchmöser, durch sie hat dieser Ort in den Roman gefunden.

Verlag Kiepenheuer & Witsch, FSC® N001512

1. Auflage 2019

Verlag Galiani Berlin

Umschlaggestaltung Manja Hellpap und Lisa Neuhalfen, Berlin
Umschlagmotiv © Clipart courtesy FCIT
Lektorat Wolfgang Hörner
Gesetzt aus der Minion
Satz Buch-Werkstatt GmbH, Bad Aibling
Druck und Bindung GGP Media GmbH, Pößneck
ISBN 978-3-86971-186-7

Weitere Informationen zu unserem Programm finden Sie unter *www.galiani.de*